译文纪实

老後破産：
長寿という悪夢

NHK スペシャル取材班

[日]NHK 特别节目录制组　编著　　　王军　译

老后破产：名为"长寿"的噩梦

上海译文出版社

前言

2013年8月，我被叫到了新宿西口的一个居酒屋里。店内，弥漫着烤鱼的烟气。我就在这烟气中，等候制片人板垣淑子和摄影师宝代智夫的到来。

2006到2007年，NHK特别节目《穷忙族》播出，而这两位，都是该节目无可替代的制作伙伴。

"我们要报道老年人所面临的问题，再一起做一个节目吧?"

没理由拒绝，当然就立即答应了。就这样，是年11月24日，反映独居老人痴呆问题的NHK特别节目《"800万痴呆症患者"的时代：连"帮帮我"都不会说——孤立无援的痴呆老人》播出了。继之播出的节目，就是本书的标题——老后破产。

可能，这个词听起来很陌生，它是制片人板垣造的，为的是将焦点集中到老年人的生活依靠——"金钱"的问题上。

孤身生活的老龄人口已经逼近600万人，且约有一半人的年收入低于生活保护标准①。其中，接受生活保护的有70万人。剩下的，除有储蓄、存款等足够积蓄的老人之外，粗略估算，约有200余万独居老人没有接受生活保护，只靠养老金生活，日子过得非常拮据。而一旦生病，或需要人照顾，也将就此破产……

制片人板垣就将这些老人的上述境遇，称为"老后破产"。

听着这番说明，我脑海中浮现出一位老人，秋田县仙北市的铃木勇治先生（当时74岁）。制作《穷忙族》时我采访过他。铃木先生经营着一家西装裁缝店，但随着地方经济的衰退，营业额不见增长，年收入只有24万日元②多一点。再就是每月6万日元的养老金了。老先生每一餐的花费为100到200日元。采访那天，铃木先生的菜肴是鱿鱼罐头和99日元3包的纳豆，除此便别无他物了。铃木先生的妻子卧床不起，住院了，每月的住院费用为6万日元。铃木先生的养老金都交住院费了。

既如此，接受生活保护不就好了。但铃木先生又有100万日元的存款。存款被视为财产，若要接受生活保护，就必须花光。只是这笔存款，铃木先生坚决不想去动，因为这笔钱是为妻子的葬礼准备的，他视若珍宝。可以说，这就是典型的"老后破产"的境遇。

"最终就是……穷人，那就早死早了吗？"

我的心，被铃木先生这声低喃刺痛了。

节目录完以后，工作人员与铃木先生还互相保持着联系。听说，一直住院的妻子后来去世了，铃木先生为妻子

---

① 日本为保障国民享有最低限度的健康且有文化的生活，对必要者实施保护性援助的制度。本文中多处有相关说明。——译者，以下同。
② 1日元约等于0.06元人民币，24万日元约等于1.4万元人民币。

举行了一个隆重的葬礼。再之后，动不动就生病的铃木先生把店关了。葬礼花光了积蓄，就可以申请生活保护了。现在，铃木先生已经住进了养老院。这样的说法或许残酷，但对铃木先生来说，就是妻子的死，换来了最低限度的生活保障。生活保护制度就是这样的制度。或许，这就是现实，但却让人感到荒诞，令人无语。

现在，老人的生存环境严酷之极。在高龄少子化的快速演化中，养老金、医疗、护理等社会保障支出，已占国民总收入的30%以上。从劳动力人口抚养65岁以上老人人口的比重来看，1990年为5.1人抚养1人，2010年为2.6人抚养1人，到2030年将是1.7人抚养1人，即正在向1个劳动力抚养1位老人的养老结构逼近。

"只有你们自己享受好处！"在年轻人中，也能听到这样的声音。这就是代际间的严重对立。即便是宪法保障的最低限度的生活保护，也有部分媒体等特意报道，"领得太多"的批判、不正当领取问题的揭露等类似报道也引起了社会的关注。

还有，一定会出现的——

"这样的处境是自作自受"的自身责任论。

老人陷入如此情状，可以放任不管吗？我们持否定的态度。正因形势严峻，我们才希望，我们的社会努力去找到一个"最佳方案"。

本书就是基于2014年9月28日播出的NHK特别节目《老人漂流社会——"老后破产"的现实》所作的通讯报道，包括节目中无法介绍殆尽的老年人所面对的现实。"老后破产"的老人,社会毫无办法,就此抛弃他们,还是向着解决问题迈出第一步?而最为重要的,首先必须要关注当下"正在发生什么",一切都要从这一关注中起步!

因为,讨论,只能从"现场"开始。

目　录

序章　"老后破产"的现实

"万没料到，竟是这样的晚年！"

今天，在步入超老龄社会①的日本，可以称之为"老后破产"的现象正在蔓延。

靠养老金生活的老人，因生病、受伤等任何人身上都会发生的些微小事，便再也无法依靠自己的收入生活下去而破产……这样的案例，正在不断发生。

"没钱去医院啊，只能忍着。"

"靠养老金生活，一日只吃一餐，一餐费用缩减到100日元。"

毫无疑问，在当今日本，一直极为普通地生活到现在的老人们所直面的，就是这样的现实。

这样的事态，为什么会蔓延？——过去近20年间，家庭平均收入在持续减少。劳动人口的年收入在持续减少，老人的人均养老金也在持续减少。火上浇油的是，"单身化"的独居老人人口正以突破600万大关之势激增。若夫妻两人一起生活，还可以以两个人的养老金维持生活，但只要其中一个去世，那就只能靠一个人的养老金生活下去了。

但是，对独居老人养老金收入的分析结果显示，约有一半人，即近300万人的收入低于生活保护标准，年收入不足120万日元。除去已经接受生活保护的70万人，剩下的200余万人中，只靠养老金勉强度日的不在少数。若换算为月收入，那在国民养老金（全额65 000日元左右）之外还领取社会养老金②，但仍不足10万日元的上班族，就也在其中了。

也许，很多人会想，若每月能领到十几万日元的养老金，生活方面不会有什么特别大的困难吧。但是，我们在采访中慢慢了解到，即便在十几万日元的养老金之外还有自己的房子，也有一定的存款，也同样会一点一点地被逼入"老后破产"的境地，这样的案例并不少见……

"没想到，竟会是这样的晚年！"我们采访的众多老人也曾认为，什么"老后破产"，根本不可能！上班族、农户、个体经营业者……以为晚年生活有备无患的各色人等一个个目瞪口呆，都认为"自己绝不会'老后破产'"。

"老后破产"的诱因，是生病、受伤等，一旦步入老年，谁身上都有可能发生这些情况。尤其是孤身一人生活的老人，没有家人照料，医疗费、护理费等就会成为沉重的负担。身体尚能勉强承受时，还可以忍着不去医院，但

---

① 据世界卫生组织及联合国定义，65岁以上老人占总人口比例超过21%为超老龄社会。日本在2007年达到此一比例，为21.5%。

② 除公务员外，日本国民的养老金主要分两类：一为国民养老金，日本称国民年金，原则上所有20—60岁的人都要加入，又称基础年金；一为社会养老金，日本称厚生年金，由企业正式员工加入，保费由企业与员工对半支付。

终有一天病情会加重，甚至卧床不起，到那时，不接受上门护理或治疗是活不下去的。若无法独立承担其费用，就要接受生活保护了。被逼入如此状态，又只能靠养老金勉强度日，就谓之"老后破产"。

若有10万日元的养老金收入，只要身体健康，孤身一人的生活还是可以维持的。但若患上需要动手术治疗的病，或因伤住院——即便有存款，一旦花光——无论哪种情况，都会让人陷入"老后破产"的境地。

本来，若养老金金额在生活保护水平以下，享受生活保护就是一项得到认可的权利。宪法第25条规定："所有国民，享有拥有最低限度健康及文化生活的权利。"以此为根据，生活保护制度得到了保障。其金额虽因各地政府不同而有所差异，但支付给单身者的生活保护费，基本上每月为13万日元左右。若收入低于这一数字，就有权领取其差额。并且，一旦接受了生活保护，医疗费、护理费也将全部免除，也就是说，可以放心地去医院了。

然而，实际上接受生活保护的老人却只有10%左右，几乎所有人都没有申请生活保护，而只靠养老金勉强度日。"就算身体不舒服，能忍着就不去医院。"像这样，连医疗费都节省下来的老人也不在少数。

一方面，只靠自己的收入、积蓄等坚持过活的老人，连医疗、护理都不得不节省下来；另一方面，一旦接受生活保护，医疗、护理等就可以免费，这就是目前的生活保护制度。因而，在提供福利时，越是自力更生努力生活的人，工作人员就越想为之提供支援。不少人都会提到生活保护制度不周全所造成的含糊不清。

　　更让人心生巨大的矛盾之感的现实是，如果老人拥有房产，就无法享受生活保护。有些老人拼命工作，终于有了自己的、处处都是回忆的家，不想放弃，但原则上，只要不卖掉房产充抵生活费，就无法享受生活保护。如果不想卖掉自己的房子，那就只能靠养老金生活了。

　　比如，丈夫去世后，作为遗产留下了一所很大的宅子。孤身一人生活的妻子每月能领到十几万日元的养老金，那会是怎样的情形呢？如果身体健康，应该会过得悠然自得吧。但是，一旦患上癌症等重大疾病——现在，60岁年龄段的老人，自费负担的医疗费比重与劳动力一样，都是三成。到75岁之前，会逐渐过渡到二成。75岁之后就很容易生病了，原则上负担一成（如果收入多，负担的数额会相应加重）。

　　靠养老金生活，也要支付水电煤气费等公共支出、医疗保险及护理保险等，医疗费就必须等以上费用支出之后，在剩下的钱里挤了。一旦治疗时间拖长，或是身患慢性疾病，就要长期不断地支付医疗费了。若为支付医疗费卖掉自己的房子，就必须租房住。一边交房租，一边挤医疗费，终有一天，卖房所得的存款也会见底。

　　如此，即便是当初看上去生活宽裕的老人，也同样无法避免"老后破产"的境遇。这类案例同样层出不穷。

　　2014年9月，NHK特别节目《"老后破产"的现实》播出，向社会展现了这类"老后破产"的蔓延之势。节目播出后，立即收到了大量的反馈，尤以40—50岁年龄段，下一步将步入晚年生活者的反馈居多。

"我没有正式工作，没交养老保险，也没结婚，势必'老后破产'了。不想长寿什么的了。"（40岁年龄段，男性）

"我在家一边做主妇，一边照料公公婆婆。可等自己老了，却没有孩子照料我。又没有积蓄进老人院，那就只能在家里等着孤独死吗？"（50岁年龄段，女性）

"家里的老人眼看就要'老后破产'了，我也没工作。两个人靠患老年痴呆的老人的养老金生活，每月8万日元。对将来，不抱什么希望了。"（50岁年龄段，男性）

在控制社会保障支出的国家方针的指导下，养老金支付金额逐渐减少，医疗、护理等开支负担加重。可以想见，今后人们的晚年生活将更为严峻。在这样的时代，中老年人既要照顾父母，自身的晚年又在迫近，对他们来说，"老后破产"问题并非事不关己。

而高龄者的反馈则大多是将自己的人生与节目受访者重叠。

"靠每月4万日元的养老金生活不下去，就申请了生活保护，但生活中毫无乐趣可言。每天都在想，什么时候能一死了之呢？"（80岁年龄段，女性）

"每月能领到16万日元的养老金，支出却在16万日元以上。但我的生活并不奢侈，医疗、护理等也曾节省过，但就我来说，要节省就只能一死了。"（70岁年龄段，男性）

我们采访人员多次展开讨论的，就是被逼向"老后破产"的老人们异口同声所说的一个词——一死了之。在处境相同的观众的反馈中，也有很多触及到了这个词。

只要拼命工作，等待自己的，不就应该是悠然而又舒适的晚年吗？！——有的人发出了这样的愤慨。

　　"要是一个人，死都死不了……"——有的老人这样说着，落下泪来。

　　节目海报中，有这样一句广告语："长寿的噩梦"。

　　看着这句话，脑海中几位低喃着"想一死了之"的老人的面孔浮起又消失……被一步步逼入"老后破产"的日子，真就是人间活地狱啊。"长寿的噩梦"，这是在诅咒，不是吗？

　　现在，很多人都对晚年抱着一缕说不清的不安，可又有些遥远，但我们能否想象一下，自己的父母或身边的人们是否都有可能陷入"老后破产"的境地呢？"老后破产"并非隔岸观火，而已成为我们身边正在发生的日常现象。

第一章
城市中正在激增的独居老人的"老后破产"

　　"要说心里话，就是想早点死了算了。死了，就不用担心钱不够用了，而且我也不知道活着到底是为了谁……"

"只靠养老金生活不下去"

在东京港区，有着繁华的闹市，如六本木、表参道等，这些地方因穿着时尚的年轻人而热闹非凡。但在城市中独居老人激增的大环境下，该区又是孤身一人生活的老人受孤立情形特别严重的地区。区政府正在为此谋划对策。

2014年8月初，我们到位于幽静的高级住宅区一角的公寓探访。一座座宅邸前高级外国车一字排开，而街道对面，则是一幢建于50余年前的陈旧的木制公寓。

为采访在此孤身生活的他，我们来到了公寓一层走廊入口处最靠前的那个房间。就像在等待访客的到来，门是开着的。

"你们好。今天请多关照。"

在门厅前打了声招呼，他便把我们让了进去。

"很乱吧。真是惭愧……"

落落大方、满面笑容地接受我们采访的是田代先生，

83岁。从门厅进去，眼前是一个3张榻榻米^①大小的小厨房。房间在里面，约6张榻榻米大小。整个住处，加起来也不足10张榻榻米大，很狭窄。可能是没收拾的缘故，垃圾散乱，被子也没叠，田代先生像是把杂物都堆到了里面的房间里。

他在厨房里坐下，说："房间里很乱啊。很抱歉，在这里说可以吗？"

于是，我们也在厨房里坐下了。视线降低后，房间里的样子也就慢慢看清楚了。

门厅前，脏衣服堆成了小山。厨房的洗碗池里，做饭用的锅、平底锅等，就那样放着，也没洗。往里面一看，没叠的被子上是乱堆一气的杂物。

"到这岁数啊，知道乱也懒得收拾了。没心情，也没力气了。"田代先生很不好意思地对初次见面的我们说。

"只靠养老金无法安度晚年的老人多起来了。我们还听说，自己一个人生活，连帮扶的家人都没有，感觉日子沉重、辛酸的人们也多了。今天，就是要做这方面的采访才来拜访您的。"

田代先生听着，"嗯，嗯"着数度点头，像是在回想自己的晚年。"这样的人，可能真的很多啊。我自己认为一直都是认认真真地工作，可万没想到，会成为今天的样子啊。"

乍看之下，田代先生很年轻，根本不像80多岁的人。虽是一头白发，但又厚又密，身材细长，走起路来也很轻

---

① 一张榻榻米的面积约为 1.65 m^2。

快。可能对搭配也颇有研究，他穿着绿色的套头衫、牛仔裤，跟他很配。但在听他讲的过程中我们才知道，"苗条"，实为节省伙食所致。这让我们吃了一惊。也就是说，他的日子过得很艰难，每每两个月一次的养老金发放日没到，就已经没钱买吃的了。

"到下一个养老金发放日还有几天吧。所以现在，几乎已经没什么钱了。一点一点算计着，吃事先买好的凉面。"他把面条拿出来给我们看了看，是100日元左右两把的凉面干面条。

田代先生每月有10万日元左右的养老金。房租每月6万日元，剩下的4万日元就用来生活。去掉水电煤气等公共支出，再交完保险，手里的生活费就只有2万日元了。房租负担很重，生活捉襟见肘，无力储蓄，手里连搬家的费用都没有，已经是束手无策了。

〈田代先生的收支明细〉
- 收入（月）
国民养老金＋社会养老金＝100 000日元
- 支出（月）
房租＋生活费等＝60 000日元＋40 000日元＝
100 000日元
结余　0日元

田代先生拿着两份养老金，一份是全额6.5万日元的国民养老金，一份是作为正式员工在企业里工作时积存的社会养老金。约半数独居老人的养老金月收入不足10万日元。"搬到更便宜的地方住，生活不就轻松了吗？"田代先生的回答是，就是想搬也毫无办法。

"每月的生活费都很紧张，怎么可能有钱搬家啊。"

的确是很紧张。以每月2万日元左右的生活费设法度日，连伙食费都省了又省。或许，"搬了家不就轻松了"的疑问，对田代先生来说是残酷的。我们很后悔不该不考虑对方的处境就直接把疑问抛出去，但田代先生似乎毫不介意，继续接受我们的采访。

因工作繁忙，田代先生没有结婚，所以没有家人可以依靠。父母都已过世，虽然有一个哥哥、一个弟弟，但彼此已经疏远，多年没有联系。

"只在这么苦的时候去哭诉，'帮帮我'什么的，是不可以的。"

田代先生茕茕孑立，形影相吊，靠捉襟见肘的养老金坚持着生活。快到养老金发放日的时候，钱包里往往就只剩几百日元了。这最后的一笔钱，就拿来买百元店的凉面，算计着吃，一直撑到发放日，这就是田代式的"精打细算，细水长流"。

一天又一天，被逼入窘境

平时，田代先生能节省就最大限度节省的就是伙食费。无时不谨记在心的是，每天不超过500日元。有一次，我们跟要买午饭的田代先生一起去了附近的超市。采访人员向田代先生提议："我们一起吃午饭吧。"

于是，他在平时不会前往的便当柜前停下，仔细地斟酌起来。左思右想，最终选定的是300日元一份的鲑鱼便当。他对我们说，平时的午饭一个饭团就解决了，也经常什么都不吃。

对如此度日的田代先生而言，特别的日子就是养老金发放日了。只在确认养老金到账后的那一刻，他允许自己奢侈一回——附近一所大学学生协会食堂里400日元一份的份饭午餐。他说，因为食堂面向学生，所以很便宜，且营养丰富，量也大，喜欢得不得了。

"还带热乎乎的味噌汤，还有小咸菜，只需400日元，很开心。"田代先生的表情，真的是透着一股由内而外的开心。

但是，哪怕生活捉襟见肘，餐费也不能是"0"。一减再减，若生活费依然不足，另一项能节约的就是电费。田代先生指了指天花板，那里吊着一只没有打开的荧光灯。"几个月前吧，没交电费，电就给停了。刚好我想节约生活费，所以从那以后就没再通电。"

一个人生活，每个月的电费至少也要花5 000日元。田代先生连这笔费用都省了，由此防止了生活赤字。像这种状况，也可以说是"老后破产"的前夜了……

没有电的生活，你能想象吗？电已经是我们的生活缺之不可的了，但田代先生却完全不用。有一天，要洗衣服了，田代先生站起身来，向厨房的洗碗池走去。洗衣机用不了，田代先生的衣服都是用手洗的。洗衣粉也用光了，就用洗碗用的洗涤剂代替。把衣服放到洗碗用的桶里，浇上洗碗用的洗涤液，注水。水势很大。

吭哧、吭哧、吭哧。

田代先生一语不发，洗起了衣服。空调也用不了，房间里又闷又热。为让外面的风多少能吹进来一些，房门就一直开着。洞开的房门外传来了"吱啦、吱啦"的蝉鸣，很吵。

吭哧、吭哧、吭哧、吭哧——

吱啦、吱啦——

吭哧、吭哧、吭哧、吭哧——

吱啦、吱啦——

这幅光景，恍如时光倒退到了昭和初期[①]——听着蝉鸣大合唱，望着用手洗衣服的田代先生的背影，就不由心想，这是"现在"正在发生的现实吗？为节省而不用电，连伙食费都要节省……可即便如此也已进入破产前夜的老人们，在不到位的社会支援中一声不吭地忍耐着……望着他的背影，我也不由会为自己的晚年担忧。

吭哧、吭哧、吭哧、吭哧——

吱啦、吱啦——

吭哧、吭哧、吭哧、吭哧——

吱啦、吱啦、吱啦——

洗衣不停，蝉鸣也不断——这就是一位老人的现实。他就生活在东京也屈指可数的、高级住宅区的一角。

对田代先生来说，没有电最痛苦的事莫过于看不了电视。对一位无人可以说话的老人来说，电视就是最好的陪

---

① 昭和元年为 1926 年。

伴；而对看不了电视的田代先生来说，唯一的乐趣就是听收音机。他常用的是一台口袋收音机，是几十年前买的。孤单一人，无事可做了，就轮到收音机上场了。入夜之后，田代先生的公寓里一片漆黑，连书都读不了。这种情况下，有电池就能听的收音机就是必备之物了。

"可能受在公司上班时的影响吧，特别喜欢听新闻。现在社会中发生的事，不知道的话就总感觉沉不下心来。"漆黑的房间里，在被子上躺成个"大"字的田代先生说。旁边的收音机里，传来的是经济新闻。"曾支撑日本经济高速增长的制造业，现因在海外设厂，及国外进口产品的挤压，正在急剧衰退，制造业从业人员也在减少……"

黑暗中，我无法确认他的表情，也不知道收音机中传来的今天的日本，田代先生听了是何感受。收音机，一直在响着……

拼命工作也得不到回报的晚年

旧制中学毕业后，田代先生进了一家啤酒公司。虽然想读大学，但因家境并不宽裕，只好放弃了。田代先生幼年丧父，是母亲一手拉扯大的。看着要照顾三个孩子，一边做家务一边工作的母亲，他连想念大学的想法都说不出口。

田代先生到啤酒公司工作的原因之一是，公司在银座，让人感觉简直是"帅呆了"。上班后，他便在公司直营的啤酒店当侍者，或做经营管理工作，无日无休，兢兢业业，一晃就是12年。田代先生领取的社会养老金，就是在公司上班的员工时代支付的公积金。

"这就是当时穿的。"田代先生手里拿的是刚才还挂在衣架上的西装。应该是很久以前买的了，但既没褪色，也全无陈旧之感。可能，一直都很珍爱吧。

"有机会穿西装吗？"

听到我的疑问，田代先生直接把西装穿上给我们看。

"只有西装，总感觉……舍不得扔，壁橱里有好几身呢。"上下一身西装的田代先生挺腰直背，表情中也有了些许的自豪与骄傲。这会令人联想起每天赶着上下班，在公司里做职员时的田代先生。他告诉我们，即便是现在，如果社区里有活动时，他也会把西装穿上"正装"前往。田代先生还有机会着西装外出？这让人稍感吃惊，而比吃惊更强烈的，是为他高兴。在这一瞬间，我们真切感受到了田代先生是带着自豪感活着的——尽管他正处于"老后破产"的前夜……

田代先生之所以辞职，是因为"想开一家自己的啤酒店"的梦想不断膨胀。40岁一过，他把心一横，便下定决心独立了。从公司辞职后，他把存款和退职金都拿了出来，还不够就借款，终于开起了一家小居酒屋。一开始很顺利，但随着经济形势的恶化，经营也困顿起来，赤字不断……大约10年后，最终还是破产倒闭了。当时发生的事情，或许是因为不太愿意回头想吧，田代先生不想多说。

"一心扑在工作上，婚都没有结成啊。"一说起那时候，他就会浮起一脸的落寞。他曾坚信"梦想可以实现"，工作起早贪黑……至于工作之外的事情，已经无暇考虑了。

"这个是我画的。"田代先生说。工作的时候，只有画画可以让他歇口气。他一边说着，一边给我们看了很多画。有的是凡·高、毕加索等名家名画的临摹，有的是旅游时画的风景画、人物画等。田代先生妥善保管的画足有百张以上，用色、笔触等让我们这种外行人看了大为惊叹。没想到，田代先生竟有令人深感意外的绘画才能！很有新鲜感地惊叹着一张一张地翻看，突然，我的目光在一张画上停了下来。

"这位是……"画上是一位绅士，50岁上下，黑色西装，蓄着胡子，体格健壮，仪表堂堂。

"这个就是我啊。等年纪大了，可能就是这个样子吧，就是这样一边想着将来的自己一边画的。"这是田代先生的自画像，年富力强的时候画的想象中的"晚年自画像"。听他说，想象中的这个自己经营着一家餐饮店，已经是社长了。

"年轻的时候，谁会去想老了会是什么样子啊。每天都很忙，每天都很开心。可是，一直都在认认真真地工作，谁能想到，老了会是今天的样子啊。"

每天都很忙，每天都很开心——也就是说，年富力强时的田代先生非常喜欢工作。我们想看看他当时的照片，田代先生便递过来一枚小小的圆徽章。这种徽章，可以把自己的脸部照片放进去，据说是跟朋友一起外出旅游时做的。

"这个徽章，记不清是箱根啊还是草津，跟朋友们一起去玩的时候做的。"那时候的田代先生非常喜欢坐电车去旅游，只要在繁忙的工作中觅得余暇，就会约上朋友一起享受旅游之乐。在小小的徽章里，田代先生笑得很温柔。看着如此宁静、温和的笑容不禁会想，非常非常平常地生活的人，竟也会陷入"老后破产"的境地。这一严酷现实，令人心头直打冷战。

享受不了生活保护？

本来，"生存权"是受到宪法第25条保障的，因养老金少，又没有其他储蓄、存款或财产，生活穷困的人，是可以享受生活保护的。但就像其他众多低养老金收入的老人一样，田代先生也并未接受这一保护。他们为何不想接受社会的帮助呢？我们了解到，这里面存在着制度性的"障碍"。

"田代先生，您有享受生活保护的权利，为什么不接受呢？"

"不是不接受，而是不能享受生活保护。因为我在领取养老金。"

田代先生认为，每月领取的养老金都有10万日元了，既如此，就不能享受生活保护了。

看来，他并不知道自己"有享受生活保护的权利"，也从未向政府咨询过。不只是田代先生，很多领取养老金的老人都对生活保护制度存在误解。我们还经常听到有人说，若因某种需要想预先存起几十万日元，就会因这笔存款而"无法享受"生活保护。但另一方面，也会零星看到以下的类似案例。每月都有10万日元左右的养老金收入，并因此认定享受不了生活保护的人，一旦得知若调整一下房租比重就"可以享受"时会大吃一惊。田代先生也是认定"有养老金的人享受不了生活保护"的人之一。

单身家庭的收入分析结果显示，约有200万人的年收入不足120万日元（低于生活保护标准），但却并未接受生活保护。当然，其中也有很少一部分拥有存款、股票等财产，没有必要申请生活保护。但为数众多的老人却连"自己是否有权享受生活保护"都不知道，就无奈地在忍受中生活了。因为，到底什么情况下能享受生活保护，并没有人告诉他们一个确切、明了的标准。

可见，政府有必要采取措施，比如配备走访人员等，积极开展入户走访活动，将正确信息广泛传达给没有传达到位的老人们。但与之矛盾的是，政府方面的财政状况并不宽裕，相应措施跟不上，这就是进退维谷的现状。在单身老人激增、养老金支付额度减少、医疗和护理等负担加重，即"收入减少"与"负担增加"日趋严峻的形势下，很可能局面会越来越严重。

直面"老后破产"危机的老人们该如何救济——我们正在直面一道难以跨越的障碍。

把握独居老人的实际状况

在独居老人急剧增加、孤独死多发等严重事态不断蔓延的情况下，东京港区展开了一项大规模的问卷调查。调查对象是65岁以上的所有独居老人，共计约6 000人，回收有效问卷约4 000份，并从这4 000人中挑选对象，详细听取了有关情况。从全国范围来说，以"独居老人"为对象，试图把握其经济状况等真实情况的政府行为，尚属罕见。明治学院大学的河合克义教授等人，对此次问卷的调查结果进行了分析，结论意味深长。

印象中，港区居民多为富裕阶层，但即便在该区，处于生活保护水平以下（年收入150万日元以下）的单身老人也超过了30%（2011年调查）。其中，约有八成接受了生活保护。也就是说，收入低于生活保护水平却没有接受生活保护的单身老人在20%以上。

问卷结果令港区政府产生了危机感，正在有针对性地采取相关措施。2011年起，该区推出了"交流咨询"计划，对独居老人开展了彻底的走访活动。孤身生活的老人，要由专职咨询员登门拜访，详细听取有关情况，如有无经济方面的担忧、生活方面有无不便或障碍等，必要情况下，提供生活保护、登门护理等公共服务。

与田代先生的初次见面，也是在交流咨询员登门走访时一起进行的。了解到田代先生已处于"老后破产"状态，咨询员告诉他可以接受生活保护，并在咨询福利事务所的基础上，向田代先生反复说明，将就申请等必要手续提供帮助。一边是社会福利，一边是对福利服务有谢绝倾向的老人，要在两者之间架设起一道桥梁，这样的"中介"职能就非常关键了。负责田代先生的港区咨询员松田绫子女士拥有社会福利士资格，待人很温和。

"一个人走访，有时候会很辛苦吧。"

松田女士一直笑着，边说吃苦受累很正常，边向我们讲述了自己的经历。"在门厅前，一上来就被怒斥'回去吧！'的事也不足为奇。已经习惯了。"

在港区，共有6 000名独居老人需要支援，而咨询员却只有11人。所有人都走访有困难，于是咨询员们就锁定了200个经济困难户，反复开展走访活动。她说，第一次走访被撵回来是家常便饭，若非数度前往，老人们即便真的非常困难也不会坦率地告诉你。

"涉及到收入、经济状况等，他们轻易不会吐露实情。时间长的，要用近1年时间才能建立起信任，到那时才会开口说'实际上，正在为钱发愁……'。这样的情况并不少见。"让陌生人知道自己的收入或向陌生人坦陈生活困难，的确是会让人心生抗拒。但是，若不让他们坦率地讲出来，就无法提供支援。这又一次让我们感受到了咨询员工作的困难和重要。

"实际上，还有一位老人让我放心不下。"松田女士告诉我们。征得同意后，到那位老人家里走访时，我们采访人员也一同前往了。这是一幢约建于50年前的两层公寓。沿锈迹斑斑的铁制楼梯拾级而上，我们到了第2层的一个房门前。没有门铃，松田女士边敲门，边像熟人一样地喊："我是港区的交流咨询员。"

"噢。"屋里的人答应了一声。不一会儿，门开了，探脸出来的是一位高雅的白发女士。得知我们是随咨询员前来采访的，就以匿名为条件答应了。

木村幸江（化名）女士80多岁。从门槛处望去，里面有一个3张榻榻米大小的厨房，再往里还有两间约6张榻榻米大小的和室。木村女士的收入只有每月6万日元多一点的国民养老金，交完房租就身无分文了。她告诉我们，70多岁的时候还可以做做家政等，有收入，但现在身体动不了了，已经不能工作了。

　　"接受生活保护吧。"松田女士虽多次规劝，但木村女士总是说："不可能的。"实际上，因想申请生活保护，她以前曾到政府部门咨询过。当时，一说自己有几十万日元的存款对方就回答说："请您花完以后再来吧。"

　　"存款没了，真的能享受生活保护吗？要是享受不了，不就饿死了？"木村女士越来越担心，存款没了就一定能享受生活保护吗？万一不行，手头又没钱了，该怎么办？因此，她就尽最大可能不去动用存款，餐费等也尽量节省。但存款仍在减少，这让她越发不安。

　　为让她充分了解相关制度，松田女士进行了反复说明。"只要存款减少到一定金额就能享受生活保护了。请您放心，到时候马上联系我。"

　　但木村女士仍是半信半疑："真的……存款全没了，也会帮助我？"她反反复复地如此确认了多次。收入少，存款又花光了，那为明天的生活担忧就再正常不过了。但若政府部门只是说"有存款就享受不了，等存款没了再来"，老人内心的不安就无法消除。这也在情理之中。

　　"只要有存款就不能享受生活保护。"考虑到生活保护以税金为财源，这一原则当然可以理解；但另一方面，这样的"规定"却对老人构成了一种逼迫。木村女士也数度向我们诉说:"活着就是活受罪。"

松田女士像是无言以对。

"为什么会感觉是受罪呢?"

听到我的疑问木村女士一字一句往外挤似的低声说:"政府里的职员说,等存款没了再来,可到时候万一因为什么事享受不了生活保护,那就只能是一死了。话可以说得很轻巧,把存款花光就可以了,但存款一点一点地减少,真的是非常可怕。每一分钟,都感觉有什么东西在后面紧追着不放,晚上都睡不着觉。"

到底能不能享受生活保护?只有少得可怜的一点点存款,即处于所谓"老后破产"前夜的很多老人,都被逼到了精神承受能力的红线边缘。从这些人嘴里,不止一次听到的,就是他们内心深处"想一死了之"的呼喊。每当听到这样的呼喊我都会痛切地感受到,自己既没有力气鼓励他们,也没有力气去安慰他们,能做的就只是默默聆听。

"一旦卧床不起了,谁来照顾我呢?虽然能用护理保险,那也得有钱才行吧。要是享受不了生活保护,我就只能悲惨地死在这个房间里了。"一位丈夫去世后孤身一人生活的女士几次诉说,干脆随丈夫而去,死了算了。

"至少,要准备好为自己办葬礼的钱。"一位先生告诉我们,不想接受生活保护,是因为不能动用50万日元左右的存款。孩子的生活并不宽裕,他不想因自己的葬礼增加孩子的负担。这位先生就这样保留着这笔存款。但我们当前的制度,却连保留这仅有的存款都不允许。

老人们很难通过劳动获取收入，对他们来说，存款就是最后的依靠。把这样的存款全部花光，会给他们的内心带来多么大的痛苦？采访中，我多次听到由此而来的担忧。老人们拼命工作到现在，社会存在的基础由他们支撑到现在，却要被迫放弃仅有的一点积蓄，甚至被逼到"想一死了之"的地步——如不阻止"老后破产"的蔓延，连社会的伦理道德都可能崩溃，这就是采访中的切身感受。

"看病的钱都没有……"

被逼入"老后破产"前夜的老人中，不少人甚至病了都忍着不去医院。港区问卷调查的目的之一，就是要"发现"这种并未使用医疗、护理等公共服务，孤立无援的老人。

有一位"去不了医院"的女性，就是通过这一问卷调查及事后走访发现的。为对实际情况展开采访，我们请有关部门介绍了长年孤身生活的山本SACHI女士（化名）。据说，山本女士80多岁，每月有6万多日元的国民养老金，但要拿出5万日元付房租，生活就靠剩下的1万日元来维持。每月靠1万日元生活到现在，这个情况就先让人吃了一惊。我们决定直接跟她会面，了解她为什么不利用生活保护制度。

走访山本女士时，正值8月中、累日35度居高不下的酷暑天气。山本女士把围在头上的毛巾解下来，说："把冰放进去，头凉了就凉快了。"这是节约空调费的生活智慧。

出门购物则是在傍晚以后，因为卖剩的商品会打折。"哪怕只便宜10日元、1日元，对我来说，都已经很重要了。"

即便将生活费压缩到极限，一般人也无法用1万日元生活下去。如此生活的山本女士不可能去得起医院。"心脏有老毛病，虽然他们告诉我还是到大医院去检查一下比较好，但至今也没去。我知道，一旦检查，结果不会好。治疗、住院、手术等，这就得花钱了吧？我没那么多钱啊。"在山本女士的生活中，连去医院都"节省"了。若真患病了，置之不理，会有转化为重病的危险。"老后破产"的蔓延中，已经开始出现连保护生命的医疗都不得不放弃的老人。

山本女士并没去有关部门介绍给她的医院，这事让人放心不下，于是我们后来又数度前往她家。最初只在门厅前交谈，到第4次的时候，她把我们让进了屋里。和室起居室里供着母亲的佛龛。

"请允许我上炷香。"

山本女士闻言，道了声"谢谢"，便把佛龛前让了出来。

默祷之后我转头一看，身旁已经备好了瓶装的茶水和点心。连1日元都要节省的山本女士如此费心，让人满怀歉意。为节约电费而关掉的电扇也打开了，并让风吹往这边。我的内心里，有一种温柔之风吹入的舒适。房间里，衣架上挂饰的各色服装设计新颖，还有帽檐很大的帽子，很是引人注目。

"很多漂亮衣服和时尚的帽子啊。山本女士很喜欢这些？"

一问之下，她颇为自豪地答道："以前工作的时候买的，我很宝贝它们。现在，没钱买这些东西了。"

昭和四十年代，山本女士在一家超市的男装卖场工作。那个时代，女性上班族还很稀奇，超市工作令女性们心向往之。年轻时的山本女士，身着稍显华丽的连衣裙，头戴大檐帽，走起路来英姿飒爽，是领脱离土气的时代风气之先的一位女性。

"我那时的性格，说起话来黑白分明，所以几乎每天都会听到令人不快的话——什么呀，明明是个女的！但工作的时候，真的是好开心啊……"山本女士好胜心强，处理起工作来不让须眉，每天都工作到夜里很晚才下班。她说，当时的乐趣就是下班时一身时尚地购物或听爵士乐。"很喜欢逛街、散步，穿着高跟鞋走一个小时很轻松。"以身为上班族自豪的山本女士，支撑着和母亲两个人生活的家计。工作也好，个人生活也罢，都没有什么不满，但等没结婚的她意识到该结婚成家时，就已经是一个人生活的状态了。

"那时候完全想象不到，现在过的会是这样的生活。一直在拼命工作，可为什么现在这么苦呢……"山本女士无力地低语时，那脸上的落寞令人至今难忘。

社会养老金骗局

在超市男装卖场，她一直工作到57岁退休，但山本女士却并没领取社会养老金。因为当时退休的时候，企业的社会养老金可以"一次性提前领取"。不少人都是因并不清楚这一"社会养老金脱退补助金制度"到底是怎么回事便加以利用，才导致无法领取社会养老金的。"从前，退休的时候，积存的社会养老金是可以一次性领取的。但退休当时不是不知道养老金会这么重要嘛，所以，那时候就一次性领出来了。所以现在就没有社会养老金了。"

若考虑到物价行情，即便当时一次性领取，也不是什么大数目吧。现在想来，一次性领取实际上损失重大。但这一点，据山本女士说也是为生活发愁时才意识到的。其结果就是，山本女士只有国民养老金这唯一一份收入。只有这份收入是不够的，所以就一点一点地，把工作时辛苦积攒的存款取出来，以应付每天的生活。并且，为尽量不让存款减少，连生病都不得不忍着不去医院——这就是山本女士所面对的现实。

"很长时间，真的是一直在拼命工作，现在却在过这样的生活。那自己以前的人生到底算怎么回事呢？感觉是徒劳一场啊。"

挂念着孤身一人生活的山本女士的，是分开生活的兄弟。担心了打个电话过来，有时也会过来玩。但在金钱方面，山本女士却不想依靠自己的兄弟。"正因为是心爱的家人才不想添麻烦。就算生活苦一点，就算去不了医院，那也只好忍着了。"看来，山本女士已经下定了这样的决心。或许有的读者会想，"明明向家人撒撒娇，请周围人帮帮忙就可以过得更轻松"。但是，当你自己成了老人时，真的会这样做吗？

实际上，不少老人认为："要是给别人添麻烦，那还不如死了好。"这或许是坚实地走过工作时代而来的自尊，或许是不想给年轻一代增加负担。但不管怎样，对不向周围求助的老人，扔一句"不求助嘛，穷啊苦啊也是自作自受"便抛而弃之之前，我们必须想到，现在还精神饱满的老人，终有一天会需要他人的帮助；现在还在工作的人们，终有一天会随着年龄的增长而成为老人。或许，直到成为老人了才会想——恐怕人人如此——"不想依赖他人活着""不想给他人添麻烦"吧。

采访结束要回去时，山本女士从口袋里掏出一块新手帕，把冰包进去递了过来。"这么热，您也很不容易啊。把这个缠在头上回去吧。"这种体贴令人开心，也令人歉疚。

回去的路上，因总感觉可惜就没缠到头上，而是一直拿在手里。凉爽，从手帕里一点一点地渗出来。握着手里的冰，一路上都在想，怎么样才能帮助山本女士呢？可是，当冰全部融化了也依然没有结论。

"活着也是麻烦"

田代孝先生住在港区的公寓里，一个人生活，电也停了。领取养老金两个月后，下一次养老金支付日之前几天，他终于落入了"老后破产"的窘境，不知不觉间，现金便见底了。他的表情极度憔悴，脸色也不好。

"身体怎么样？好好吃饭了吗？"

田代先生拿起一个小荷包，打开给我们看了看。接着便把袋子倒过来，晃了晃，咣啷咣啷滚出来的，只有面值

1日元的硬币。"现金只有这些了，总共也只有100日元左右。惭愧啊。"把1日元的硬币装回荷包里，他长长地叹了口气。

"您怎么吃饭呢？"

田代先生站起来向厨房走去，把煤气灶上的平底锅端起来，给我们看了看里面的东西。平底锅里是加热可食的速食咖喱饭，大概还有一半。

港区咨询员登门走访时得知田代先生没钱买饭了，便告诉他福利事务所有分发的蒸煮袋速食品，可以去领。于是，他就去领了够几天吃的份额，有咖喱、西式炖菜等。现在，就靠这些勉强糊口。

"这个是两顿的量，分开吃。"平底锅里剩下的咖喱饭还能吃一顿。但是，离养老金发放日还有几天，以后该怎么办呢？田代先生说："想到可能会这样就先买好了。这个，凉面。"他拿出来的是两把100日元的凉面干面，已经打开吃过的袋子里，只剩下了一把。

晚上7点。就算是夏天，太阳落山后也会暗下来。夜里，田代先生的房门也开着，房间里传来了周围居民准备晚饭的切菜声，还有酱油的味道。田代先生也在公寓里做起了晚饭。午饭他几乎不吃，所以对他来说，晚饭就是贵重的"一餐"。房间里没开电灯，漆黑一片，照明全靠做饭时煤气灶发出的亮光。"嘭——"煤气灶打着了火，房间里有了一丝模糊的光亮。用平底锅把水煮开，再把一把凉面放进去，这是最后的凉面了。看不清水是不是开了，所以，田代先生几次把脸凑近平底锅确认。他说，领养老金的日子快到了，现金也基本上花光了，就一直吃凉面。

凉面煮好，倒进碗里，再浇上挂面料汁，饭就做好了。在无人陪伴的漆黑的屋子里，只有一个人吃的晚饭——

"呼噜呼噜——"

大口吃凉面的声音响了起来。房间里不要说有人的迹象，连电视的声音都听不到。"……真好吃啊！"田代先生边吃边自言自语，"真香，好吃……"

"呼噜呼噜——"

晚上8点。吃完晚饭，漆黑一团中也无事可做，那就只有睡觉了。像往常一样，田代先生起身离开厨房，进了里面铺着被子的起居室，打开了收音机，收音机里传来的是国外摇滚乐队演唱的快节奏西洋乐。

差不多该告辞了。就在我们准备起身离开时，田代先生转过上身说："啊，门厅的门就那样开着吧。"

夜里开着门睡不危险吗？但若把门关上，就连外面走廊里的灯光都透不进来了。并且，正值盛夏，房间里又没开空调，要把门关严了，通风也不好，还有可能中暑。

"晚安。"

些许犹豫之后，我们还是让门厅的门洞开着，离开了田代先生的房间。至少，要让凉风吹到屋里。

几天后，像往常一样再到公寓探望时，我们一眼便看出田代先生气色不好。脸色发青不说，最让人在意的，是他脸上颇显痛苦的表情。

"哪儿不舒服吗？"

田代先生现出苦闷的神情，似乎在一声不吭地强忍着。"头一直疼。"不知是营养不良还是中暑了。我拿手试了试田代先生的脸和腕子，好像没发高烧，可还是试着劝他："还是去医院看看吧。"

田代先生听了只是摇了摇头。"不用。喝了这个药就没事了。一直是这样子。"说着，他把事先买好的药拿了出来，是所有药店都有卖的头疼药。或许，喝了这个药，止了疼，多少就会舒服一点，但还是应该重视，我们便再次劝他："还是去医院看看的好。"但他只是固执地摇头。"要去医院，又要花钱吧。生活没那么宽裕啊。过的本来就是这样的生活，能忍则忍，不这样是不行的。"

不只是当天，田代先生已经多年没去医院了。头疼、肚子疼，或者稍有些不舒服，都是喝市场上卖的药，一味地忍着。田代先生这样的情况——75岁以上，养老金额度也在标准范围之内——医疗费的自费负担为"一成"。到内科就诊，接受各类检查，费用不会超过1万日元，但对田代先生来说，几千日元就是贵重的生活费了。一想起"凉面"，就再也无法强劝了。

"没事的，没事的。喝了这个，稍微睡一觉就全好了。一直都这样。"田代先生说完便转过身去，躺下睡着了。

他说，自从不去医院，有一件事很是让人头疼，就是牙没了。几年前牙没了之后，田代先生几次都想装假牙，可又没这钱，就一直没去看牙医。要说田代先生的现实家计，那就是什么都"买"不起，有可能交不起房租，有可能连吃的都买不起——这样的恐惧，让他无法去医院。

看着喝下头疼药沉沉睡去的田代先生那蜷缩起来的背，我突然想，换成自己，这种状况能受得了吗……

为隐瞒自己的贫穷

"没钱，去不了医院。但对我来说，比这更痛苦的，是没有朋友或者熟人了。"田代先生自言自语似的这句话，是走在附近的街上时说的。他要去的是港区的老年人中心。该公共设施修建的目的，是为了保持老年人的健康，除浴池、围棋室等外，还会在宽敞的楼层定期举办体操课等活动。这是区里建的设施，凡60岁以上的居民，只要登记就可以免费使用。田代先生每天早晨都去，步行5分钟左右。

"电停了，空调用不了，所以就在这里凉快凉快。这里有电视，有书，也有报纸等，在这里打发时间非常合适。"

田代先生一进去，就到了铺有榻榻米的大厅，打开了电视。虽说是白天，但除田代先生外，里面一个人都没有。他一直在看电视新闻。看了一会儿，说要吃饭，便拿出了半道在便利店买的"梅子饭团"。这天的午饭就是一个饭团。

呆呆地盯着电视画面，吃着饭团，田代先生的脸上毫无表情。吃完午饭，百无聊赖的田代先生向旁边的围棋室走去。没找到伴儿，围棋也没下成。有几个老人在下围棋玩，但他并不想加入，而是向围棋室里面的书架走去。书架上摆着小说、游记等，田代先生抽出一本，在椅子上坐下，看了起来。

这时，在他刚才看电视的大厅里，传来了很多老人一起喊"一、二、三、四"的声音，还夹杂着笑声。可能是体操课开始了。不时地，田代先生的眼睛会离开书本，抬头看一眼，眼神中有些落寞，之后便又默默地继续看书。

晚7点已过，田代先生站了起来。

"好了，该回去了。"这话并不是冲谁说，而是呆呆地自语。说完，他便走了出去。虽是为老年人交流而建的设施，但田代先生却没跟任何人交流，不要说交谈，连招呼都没打过。

入夜，回到公寓后，他在外面的楼梯上坐了下来。夜里也热的时候，他就在外面纳凉等暑气散去，这已成了田代先生的习惯。因为用不了空调，所以即便是日落之后，屋里也热得像蒸汽房一样。在外面的灯光中，孤单单地坐着的田代先生说起了往事。

"年轻的时候，有很多朋友。"在啤酒公司上班时，田代先生最大的乐趣，就是跟工作中的伙伴或好朋友一起外出旅游，"看铁路也好，坐电车也好，都特别喜欢。在电车上摇摇晃晃去温泉，去看优美的大自然风光，很喜欢。"

小时候，田代先生非常崇拜酷酷的火车，梦想长大以后当一名火车司机。成人以后也无比喜欢铁路，人称"铁路发烧友"，并且这烧一发就没再退过。"以前，经常坐电车这里那里去旅游……要能再旅游一次，那该多开心啊。"田代先生望着远处，陷入了对往昔的怀念之中。但现在，这个梦想已经无法实现了。

"贫穷的痛苦之处在于，周围的朋友都没了。就算你想去哪里，想做点什么，那也要花钱对吧。没钱，就只能推辞了。慢慢地，就不想被人叫了。这真的是令人痛苦啊。"

居酒屋破产以后，存款也花光了，所有的心思都用到了怎么样能只靠养老金活下去。但是，自己没钱这事，并不想让周围的人觉察到。曾经平等交往的朋友嘛，不想被他们同情。慢慢地，跟朋友们一起旅游，或一起吃饭这样的活动，田代先生就开始推辞了。慢慢地，连推辞都令人痛苦起来。于是，为不让他们叫，田代先生就开始避开跟朋友们见面的机会。慢慢地，就没人再来叫了。

"比如，婚礼庆祝怎么办？葬礼奠仪怎么办？没钱的话，无法与人交往啊。"连朋友间的聚餐都参加不了，这样的自己是可怜的，孤寂的，悲惨的。因为没钱，朋友"关系"就会断掉。

田代先生把用皮筋捆好的书信和明信片拿了出来。这是几十年前，跟朋友们密切交往时收到的贺年片、季节性问候等，一直好好珍藏着。已呈茶色的纸张，无声地诉说着联系中断后，与朋友们不再谋面的时间的久远。

关于朋友的话说完以后，田代先生又面无表情了。在黑黑的房间里，他自言自语地说起了内心深处的想法。"要说心里话，就是想早点死了算了。死了，就不需要担心钱了。现在这样子活着，说实话，也不知道到底是为谁活着……真的是累了。所以，我也并不后悔，就想早点死了好。"

"想死"，这个词轻描淡写地从他嘴里出来，把我的耳朵给刺痛了。田代先生的话，让我感觉到了"老后破产"的恐怖。因为养老金收入不够，生活困苦，或看不了病，仅只如此，事态就很严重了，但"想死"却并不是因为这些。真正的痛苦，在于失去了与人、与社会等的"联系"，在于不知道为谁活着、为什么活着，不是吗？

即便生活条件很苛酷，但"孩子、孙子就是活着的价值"；即便没有任何亲人，但"感觉到了从事地区活动的价值"等，拥有活着的价值活着的老人，我也遇到过很多，他们的心灵，都有一个确切的落脚之处。但是，一当"老后破产"的现实导致"社会联系"断绝，活着的价值无处寻觅，心灵无处落脚，那么，老人们就连活着的力气都会一点点地失去……

对田代先生来说，首先需要的，是以经济性支援（＝生活保护）重新建立生活吧。但仅仅如此是不够的，因被逼入"老后破产"的境地而失却的"社会联系"得以重建，才是真正必要的支援吧。

8月末，事先买好的凉面没了，就在这时，政府方面联系田代先生了。盼望已久的联系啊。

"这一次，他们联系我说，到福利事务所去领生活保护费。"在区咨询员的帮助下，申请手续办得很顺利，田代先生终于得以享受生活保护了。因田代先生每月有10万日元左右的养老金收入，抵扣以后，每月还可领取5万日元左右，以补生活费之不足。

前往福利事务所的那天早晨。8点不到。

我们来到田代先生的公寓，像往常一样喊了一声："早上好！"田代先生已经换好衣服，打理完毕，随时可以出门了。他站起来，像有些迫不及待。跟他说"太早了，福利事务所还没开门呢"，也仍然坐立不安，像是在想："不快去，生活保护就溜了！"

我们稍微提前一点到了福利事务所，在电动门前等着。门一开，田代先生便迈步而入。在办理窗口报上名字后，工作人员让他在等候走廊里等着，说一会儿会喊名字。

"田代先生，这边请。"叫到名字后，他被领到了咨询间，一位女性调查员迎了上来。生活保护调查员是福利事务所的职员，为领取生活保护费的人提供生活咨询、就职支援等帮助。在城市，因领取生活保护费的人正在急剧增加，很多情况下，一位调查员负责的人数在100人以上。田代先生就座后，这位女调查员递给他一只白色的信封，说："这是一个月的生活保护费。"

"真的是太感谢了！"田代先生向女调查员深深地低头致意。

走出福利事务所时，他就像念佛一样，一遍遍地说："太感激了！"接着又连连道歉："实在是抱歉！""对不起！"……可能，领取生活保护费"令人感激"，但想到这是大家的税金，同时又油然而生"内疚、抱歉"之情吧。

"要是不领生活保护费也能忍耐，就咬牙忍到极限了。"

这是田代先生的心里话。但连饭都吃不上的田代先生，不接受生活保护就无路可走了，这都已经超过"能够忍耐的极限"了。这，才是被逼入最后绝境的"老后破产"。

想到田代先生那复杂的义理观念，说不清生活保护这一救济之策是好是坏。但这样一来，田代先生房间里的灯就会亮了——回想着在一片漆黑中吃凉面的那个身影，就决定认为，是好的。

如前所述，根据日本宪法第25条，"最低限度的健康而有文化的生活"是得到保障的。若收入低于这一水平，接受生活保护就是国民拥有并得到保障的权利。并且，只要接受了生活保护，不只是不用担心生活费，医疗、护理等公共服务也能免费利用。实际上，很多接受生活保护的老人，生活费方面是可以节约维持的，但却因无法负担医疗、护理费用而只好接受生活保护。

但这里，存在着一个矛盾。以自己的养老金坚持着生活的人，会因没钱去医院而强忍着；但只要接受了生活保护就会免去医疗费，完全可以去医院了。虽然说，这只是在行使再正当不过的权利，但不知为什么，却总有一种"制度不周全"之感。因为我想，不一定非得在接受生活保护以后，对靠养老金坚持生活的人们，只要有制度保障其"放心接受医疗的权利"，或许及早得到救治的人就会增多，不依赖生活保护也能活下去的人也会增多。

因为领到了生活保护费，田代先生一直强忍着没安的假牙也安上了。

"太感谢了！"田代先生反复说着感谢的话。想到他此前的忍耐，不由会让人想，就没有办法再早一点伸出救助之手吗？

生活保护支援之"墙"

接受了生活保护，田代先生就要面临一个问题——住处。现在住的木制公寓月租6万日元。若是独居，生活保护认可的居住费用上限为5.4万日元左右（东京都内），田代先生超了。本来，要是搬到房租便宜的公营住宅，即使不接受生活保护，10万日元的养老金也足够生活了。但因搬家费、押金等需要钱，就放弃了搬家的想法。接受了生活保护，搬到房租便宜的住宅所需要的搬家费就有了。终于，能搬家了！

区调查员告诉他，下个月都营住宅区募集住户。于是，田代先生就把入住申请交上去了。竞争很激烈，抽签或许会落空，但那也要试一试，因为，他并没放弃"想再一次只靠养老金生活"的愿望。对于低收入老人，都营住宅区的房租控制在1万日元左右。在"只靠养老金最大限度生活着"的老人与日俱增的今天，这种面向单身老人的低价公营住宅制度，有可能成为支撑晚年生活的基础。只是，如果没有搬家的费用，就抓不住这一机会了。如若加以调整，填掉制度间的这一"缝隙"，就可以搬到房租便宜的公营住宅而无需接受生活保护的老人不在少数。但就现状来说，却没有这样的调整阀，而只能在接受生活保护后才会得到"搬往房租便宜的住宅"的机会，搬了家再脱离生活保护。

也就是说，非大大地绕一圈远路不可。

利用生活保护制度，抹去了"居住""生活"之忧，接下来的课题便是重新建立"社会联系"了。经济不宽裕，一直回避人际交往的田代先生没有可以依赖的朋友。到哪里去寻求"社会联系"才好？若只把这一课题交给其本人，应该也是一道难题。

城市中领取生活保护费的人较多，调查员一年就与他们见几次面，帮助他们建立"社会联系"的层面还照顾不到。但是，为让易于陷入孤立的老人"与地区联系到一起"，各地的相关努力也正在推进之中。"地区统筹支援中心"也是老人生活咨询及护理服务的基地，为重新构建老人与社会的"联系"，以这一基地为起点，福利团体、NPO、护理事业所、社会福利协议会等相互合作，结合地区特性，活动了起来。

港区也并未止步于对独居老人的走访活动，而是通过组织终生学习及志愿者活动等，让老人参与社会活动，在参与中不断探索重建"社会联系"的方式和渠道。愿田代先生也能得到这样的机会，再次与社会联系到一起，找回"活着的力量"。

迈向"活着真好"的明天

一拿到生活保护费，田代先生就径直去了理发店。"都几个月没去了。"他一边说一边向常去的那家店走去。理发店在一幢混居楼的第2层，入口处贴着"单剪1 300日元"

的广告。

田代先生在理容椅上坐下，只说了一句："请您收拾得清爽一点。"理发师技法娴熟地理了起来。田代先生一声不响地闭上了眼睛。头发短了下去，胡子也刮干净了。

"好了。"理发师说。田代先生慢慢地睁开了眼睛。看着镜子里的自己，他点了点头，很满意的样子。看着镜子里的田代先生，不由想起了他凭想象画就的晚年自画像——身着西装，蓄着唇须的一位绅士。

所处的现实与"想象中的晚年"有着天渊之别的田代先生。

理发加剃须，共约2 500日元。田代先生拿到生活保护费，不是去吃，也不是去购物，而是径直跑去理发，或许是因为想找回年轻时的自尊吧。画那幅自画像时，他想象中的晚年一定是富足的。日本经济持续高增长的时代，是个只要认真工作就会有回报的社会。或许，正因如此人们才会坚信，只要认真工作，晚年生活就会高枕无忧。今天的老人们，当时都是这样确信无疑的吧。

但是，超老龄社会已然到来，且日益走向小家庭化，日本社会已经进入了急剧变化的历史时期。独居老人以百万人为单位不断地急剧增长，导致以家族支撑为前提的社会保障制度功能失调。在如此背景下，"老后破产"的现象正在蔓延。

"万没想到，竟会是这样的生活。"很多与田代先生同龄的老人如是说。一直以为晚年生活不会有任何困难，结果却是连饭都吃不上的残酷现实——这与想象中的晚年，差得也太远了。可即便如此也不由会祈愿——要找回曾经勾画过的"安度晚年"的生活，要做拥有自尊的自己吧。在理发店里闭上眼睛的田代先生就像是在祈愿，"能够看到一个焕然一新的自己"。

而步出理发店的田代先生，背也稍微直了起来，迎风而去的背影也飒爽了许多。由衷地希望，他能由此"重新振作"。

"活着真好！"

作为采访者，更作为与田代先生交往过的人，如果有一天能听到田代先生这样说，那就再开心不过了。

对于被逼入"老后破产"，连活着的力量都丧失殆尽的老人，社会该如何救济？不向社会呼救，而是一声不吭地忍耐着的人们，又该如何去发现？如何去帮助？……

进入超老龄社会，严重事态当前，我们每一个人的精神准备与决心，都在面临着拷问……

* 来自东京·港区单身老人的问卷调查

蔓延中的"老后破产"实况

在独居老人激增，无缘社会蔓延及孤独死问题日益严重的背景下，东京都港区先后于 2004 年与 2011 年分别开展了面向单身老人的问卷调查，目的是对单身老人的生活实态加以把握。

参与调查分析的明治学院大学河合克义教授结合在千叶、冲绳、山形等全国各地进行的相同调查中得到的经验分析认为："孤身生活的老人只有养老金收入，因此，在经济方面的穷困比例较高。"（据港区 2011 年调查问卷）。

首先需要关注的，就是仅有低于生活保护水平的收入，即处于"老后破产"状态的老人比例。因地区不同，物价水平等有异，生活保护费的标准并非全国统一，河合教授等人给出的港区标准线为年收入 150 万日元（区内单身人员生活保护费估算金额）。结果，处于 150 万日元水平线以下的，占比为 31.9%。即从收入来看，三成以上的人濒临

"老后破产"。但另一方面，年收入在400万以上的人又超过12.3%。河合教授等人分析，城市老人中"贫困层与富裕层"的"两极分化"现象正日益显著。

据河合教授介绍，在山形县农村开展同样调查的结果显示，年收入低于生活保护水平（结合山形县标准，年收入划线为120万日元）的，占比为54%以上。与港区调查相比，在地方农村，低于生活保护水平者占比高于城市，即农村的"老后破产"现象也已相当严重。

"即便养老金比较少，但如果有其他收入及存款等，就没什么困难吧。"我们经常会听到这样的疑问。当然，有些65岁以上的独居老人仍在工作，但在问卷调查中，回答主要收入为"养老金"的却占到了56%以上。

有的人收入虽低于生活保护水平，但拥有土地、生命保险等资产，可即便是他们，因要用储蓄和存款填补生活费赤字，所以一旦积蓄花光，终有一天也会陷入"老后破产"。从这层意义上来说，单靠养老金收入无法生活的老人，只要有生病、受伤等"额外"支出，就会面临最终陷入"老后破产"的风险。

多数孤身生活的老人只有自己那份养老金作为依靠。今天，这样的状况正在蔓延，养老金收入低于生活保护水平，处于"老后破产"前夜的老人正急剧增长，这一现实令人无法坐视。

80%的人没有利用护理服务

问卷调查结果中，引人注目的还有另一个数字，就是利用护理服务的人口比重。所谓护理服务，是指请人帮忙打扫房间、洗衣服、入浴等的家政服务。若经济并不宽裕，不少人就负担不起护理费用。

就调查结果来看，对于"您在利用护理服务吗？"的设问，81.6%的人回答"没有"。这一数字中也包括"很健康，还不需要"的人，因此，不能说不利用的人都是"因为没钱"。但若参考前面提到的经济状况，因收入不足而无法接受护理服务的人，应该也不在少数。

就护理保险制度而言，即便缴纳了保险费，要利用这一服务也需要花钱。若是65岁以上的老人，原则上"负担一成"。负担的金额，因需要护理的程度而有差异。护理共分5级，由比较而言需要护理服务较少的"护理1级"，到以卧床者居多的"护理5级"，费用会随天数、时间的增加而不断加重。若为"护理5级"，就需要家政人员每天都来了，其他还有纸尿布费、护理用床的租金等，再加上实际花的护理费用，有的人光花在护理方面的费用每月就在10万日元以上了。

并且，即便没接受护理服务，也需要按月缴纳护理保险，但不少人连这项开支都有困难。护理保险费虽因年收入及政府所在地不同而稍有差异，但大约为每月4 000—5 000日元。也有老人无力缴纳，一直在拖欠。若拖欠2年以上，为示以惩罚，护理服务费就不再是"负担一成"，而是"负担三成"了。对连保险费都无力缴纳的老人来说，要付3倍的服务费绝非易事。因经济并不宽裕而拖欠护理保险费，服务费用就会上涨，所以，最终结果就是无法使用护理保险了。

这样的人该如何救助，政府也非常头疼。护理保险费拖欠 2 年以上，需"负担三成"的护理服务费也支付不起，因而无法使用护理保险的老人，结果会怎样——因想采访这样的案例，有关人员就带我们去了都内一个幽静的住宅区。区内一角，有一所堆满垃圾的房子，里面住的是一位 80 多岁的老先生，患有痴呆症，日常生活无法自理。

老人家里到处都是垃圾，连下脚的地方都没有，衣服也没洗，连续几天都穿着同样的衣服。因为有自己的住宅，所以老人很难享受生活保护，政府也为此头疼得不得了。像这种情况，要是找不到亲人，相应支援该如何推进，其本人又难以作出决定，这就非常花时间了。

"现在还不要紧，花钱就浪费了。"因不舍得花钱，拒绝护理服务，勉强应付，等真正需要时却已是"想申请护理服务却无法申请了"，这样的案例正在接连发生。

今天，对任何人来说，孤身一人的晚年生活都已无法回避，享受不到必要的护理而陷入孤立状态，或许就是将来自己要面临的局面——养老金支付金额日益减少，"老后破产"问题避无可避，是与你我切身相关的问题。

一个人过年的老人们

问卷调查的结果显示另一个醒目的问题是，独居老人的"社会联系"非常薄弱。比如，"在日常生活中遇到困难时，请谁帮忙？"回答最多的是"孩子"，占 39.8%；其次是"朋友、熟人"，占 24.7%；继之是"兄弟姐妹"，占

19.9%。应该引起注意的是，回答"没有可请之帮忙的人"的超过11.7%，即一成以上的人遇到困难却连个救助的人都没有。

对于"新年三天与谁一起度过（多选）"的设问，回答"三天谁都没见，一个人过"的占33.4%，即每3人中就有1个连一起庆祝新年的人都没有。今年有新闻说，便利店面向"独身者"的年糕畅销一时，这让人切实感觉到，这一倾向是越来越严重了。

而更为严重的是，收入越少的人，"社会联系"的丧失就越显著。经济越不宽裕，就越难在红白喜事等亲族活动、地区性聚会等当中露面。因为，维持"社会联系"，在一定程度上也是需要钱的。

据统计，"孤身一人"过年的独居老人，仅港区就在2 000人以上。在便利店里，望着"独身者"年糕的专柜，不经意间，突然想象起了或许会把手伸过去的自己的晚年。无论是谁，对于不想去想的事，往往都会背过脸去——

"一个人过年，这有什么不好吗？"想象着自己的晚年，这样装一下硬汉。可是，当身体患病，当衰弱到手脚不听使唤时，还能这样说吗？孤孤单单，一个人过年，这就是我们自己将来所要面对的现实吧。

第二章
失去梦想的老人们

"人总有一死,那还不如早点死死干净。

我根本不想要什么长命百岁。"

想削减护理服务！

　　只靠养老金生活的老年人中，不少人有病就忍着，不去医院。但是，若所患之病性命攸关，那医疗费支出就砍不掉了。大多数老人尽最大限度地避免看病，可一旦病情恶化，就算是借钱也必须挤出看病的费用。

　　所以，无论行动多么不便，就算忍耐到极限也要削减的，就是"护理服务"的费用了。到都内的登门护理站等服务设施采访时，经常听到这样的呼声：

　　"非常希望进一步增加家政护理人员及护理师的上门次数与上门时间。"比如，假设有一位腰腿不便的老人，家政护理人员每周登门1次，每次1小时。就1个小时，若只是打扫房间、购买食物等还能做完，可又要帮着入浴，又要做饭、洗衣服等，要做的事堆成了山，1个小时根本做不完。如此诉苦的家政护理人员很多很多。尽管如此，但若"使用者没钱"，就无法增加护理服务了。

依老人的身体状况及痴呆症等疾病程度，护理保险共分5级。每一级都有服务时间、服务内容的规定范围，服务要在此范围内加以组合、搭配。但越来越多的利用者所使用的服务项目要少于等级认可的上限，因为，若用至上限，原则上需要自费负担一成，但不少人却支付不起，无法用到上限。但另一方面，孤身生活的老人正在增加，对护理服务的需求也在增加。孤身一人又卧床不起的话，需要的上门服务若超出了护理保险规定的上限，超出部分则要全额自费。

费用虽因服务内容不同而有差异，但即便是自费负担一成，若每次为1小时，花费也约在500—1 000日元上下。如果超出部分要全额负担，那就在1万日元以上了。护理服务是为让行动不便的独居老人放心地生活下去，但其费用，对靠养老金生活的人来说却是一项沉重负担。并且，"金钱中断之日，就是服务中断之时"——靠养老金生活，经济上本已捉襟见肘，所以，多数老人都没享受到充分的服务。

2014年7月，我们到东京都北区的护理站采访。护理师横山美奈子女士——也是所长——说，因为支付不了护理费，得不到足够上门服务的人越来越多，为那些在自己家里生活的老人提供帮助非常困难。

"就是利用我们站上门服务的很多老人，也希望能提供更多的照顾和护理。作为护理师，考虑到有些老人的身体情况，也想更多地登门，可相应地就要花钱。"横山女士希望我们务必去了解一下削减服务的严重案例。于是，她登门服务时便带我们一起前往进行了采访。

想用却用不了的护理保险

东京都内，历史悠久的都营住宅区并不少见。其中，北区都营住宅区的老龄比例为50%，且单身家庭也在显著增加。负责该住宅区的横山女士说，即便老人们希望得到更多的护理服务，但也只能在养老金能够支付的限度之内，且这样的案例越来越多，非常令人担心。

其中，她特别担心的是一位80多岁，在这个住宅区里孤身生活的女士——菊池幸子（化名），并把她介绍给了我们。

征得横山女士同意，在她上门护理时，我们一起去了菊池女士家。一进都营住宅区，横山女士便向排列整齐的信箱角走去。菊池女士的信箱，用一把结实的荷包锁锁着。她熟练地转动号码盘，从信箱里取出了房间钥匙。

"菊池女士的腰腿相当羸弱，站着都非常吃力。每次来都让她到门厅前迎接反而会有危险，所以就让上门护理师、家政护理员等事先记住密码，自己拿钥匙开门进屋。"

来到菊池女士门前，横山女士用刚才取出的钥匙把门打开，大声地说："你好。我进去啦。"并告诉采访人员"请在这里稍等一下"，便一个人进去了。

我们在门厅前等了一会儿，听到"请进"的招呼后，才小心翼翼地进了屋。虽是初次见面，菊池女士对采访人员也是友好地笑脸相迎。

"对不起，让你们在外面等着。刚才去厕所了。"菊池女士不好意思地解释道。因为腰腿不便，护理人员便在屋内床边为她安装了便携式厕所。"啊，原来是这样。"虽然瞬间明白了让我们等在外面的原因，但却不知该如何回应才好。

菊池女士见状，笑眯眯地耐心解释说："我有风湿病，腿疼得厉害，走着去厕所很困难，就安到这里了。"

她摸着自己的脚，指了指便携式厕所。她的腿自膝盖以下都浮肿了，感觉像要胀破一样。她说，即使不动也会疼，特别是从脚踝开始，肿得尤其厉害，都看不到脚踝了。

"像个木头人似的吧。"

菊池女士笑着，但表情中似乎隐藏着一股落寞。前来登门护理的横山女士把软膏涂到她脚上，仔仔细细地按摩了起来。这样可以尽量改善血液循环，消除浮肿。横山女士每周登门1次。实际上，她也曾考虑过再增加每周上门护理的天数，但因菊池女士的经济原因而无法如愿，因为增加服务就要多花钱。

采访当时，菊池女士的认定护理等级为2级。保险制度根据护理等级不同对服务量作了规定，在规定范围之内才能使用护理保险，"自费一成"便可享受相应的服务。举例来说，若洗澡服务的费用为10 000日元，则自费1 000日元就可以了。

菊池女士的护理服务已经达到护理2级的上限了。因此，上门护理照顾的服务项目已经无法再增加了。当然，如果重新做护理认定并能更改为"护理3级"，服务项目就能增加了。但目前的费用已经让菊池女士捉襟见肘了，即便提高上限，要增加服务项目也有困难。

〈菊池女士收支明细〉
● 收入（月）
国民养老金＋遗属养老金＝80 000日元
● 支出（月）
房租（都营住宅）＝10 000日元
生活费等＝70 000日元
护理费用＝30 000日元
结余　−30 000日元

当然，即便保持2级不变，只要自己全额（十成）负担，也可以增加护理服务，但这根本无法想象。

经济困难的独居老人中，因配偶去世少了一个人的养老金而陷入困境的情况很多。原本靠夫妻两人的养老金维持的生活，突然只剩了一个人的，就再也维持不下去了。菊池女士也一样，自从老伴3年前去世，生活便陷入了穷困之中。老伴生前，两个人一直依靠13万日元左右的养老金生活，但现在，自己的国民养老金与遗属养老金加在一起，每个月的收入也只有8万日元左右。老伴生前经营着一家个体建筑公司，她也一直在帮忙，但因是家庭主妇，所以没有社会养老金。

每月8万日元的收入，交完房租、生活费、护理服务费等，就会出现3万日元左右的赤字。为填补赤字，菊池女士就动用存款支付护理费。像这种以存款填补赤字的生活，在养老金较少的老人中很多见。一旦存款花尽，现在就捉襟见肘的生活费、护理服务费等就不得不更为节省了。

但尽管如此，若生活无法继续维持，那就只能接受生活保护了。菊池女士的存款约有40万日元。在存款花完之前，就要继续过着拮据的生活，当真是已经进入了"老后破产"倒计时状态。

"要是有钱，或许就能得到更好的护理服务吧。"

坐在床上，她颇有些落寞地低声道。菊池女士一天的大半时间是在床上度过的。不，是不得不在床上度过。离开床下地走路腿就剧痛无比，这让她无法离开床。

在每周一次的上门护理之外，动不了的菊池女士还接受了另一项护理——打扫房间、做饭。那位家政护理员每天早晨8点30分来菊池家，每次1小时左右。但剩下的时间，即几乎一整天，屋子里就只有她一个人。只有一个人的时候，吃饭、上厕所等，就只能强忍着剧痛走动了。

第一次看到菊池女士一个人走路是家政护理员离开后，吃午饭的时候，她要到卧室旁边的厨房去拿午饭。午饭由家政护理员早晨做好，放在厨房里。从床边到厨房，身体健康的年轻人几步就到了，可能都用不了10秒钟。若非亲眼看到，风湿病带来的腰腿痛到底有多么的不便和严重，是难以想象的。

就在那几分钟里，我们目睹到的，是远远超出想象的悲壮。

菊池女士先在床上给自己鼓了鼓劲，"嗨！"一声就要站起来。只见她抓住了从床上伸至天花板的扶杆，利用这根扶杆，用臂力把身体拉起来。

"嗨哟——嗨哟——"

她两手抓着扶杆，用胳膊把上身拉起来，并终于站了起来。一站起来，就立即牢牢抓住了放在床边带滚轮的步行器。步行器很大，像婴儿的学步车。步行器支撑着身体，菊池女士慢慢地、慢慢地往前走。一步，一步……就像每一步都要踩实一样地往前迈。中途，她数度停下来，抓着步行器调整呼吸……

走也好，停也罢，都不能离开步行器，一旦离开就会当即摔倒，我们都替她捏着一把汗。厨房就在眼前，看上去不过5米之遥，可她拼尽了全力，却总也到不了。

厨房的冰箱里，放着家政护理员今天早晨为她做的午饭。午饭时间走到冰箱那里去拿吃的，是每天都在等待着她的"痛苦一刻"，也是她拼尽全力的站行之时。

终于，到达厨房了，冰箱已近在眼前。或许是累了吧，每往前走一米，都要花几分钟的时间。腿疼脚痛，菊池女士的表情也痛苦了起来，只要停下，寂静的房间里就会响起"呼哧呼哧"喘粗气的声音。

"呼——终于到了……"她一只手抓着步行器，另一只手去开冰箱，稍为失衡就会倒地不起。她慢慢地、慢慢地抓住冰箱门，往冰箱里面瞧，有香蕉和她非常喜欢的马铃薯色拉。放开步行器会有危险，所以她一只手一直紧抓着步行器，伸出另一只手去拿午餐。

"加油！就差一点了！"

情不自禁地，我们为她加起油来。这时，她的手终于够到了装着马铃薯色拉的容器。她抓住容器后慢慢地把它拉出来，再把冰箱门关上。然后，把东西放入挂在步行器上的袋子里。菊池女士的两只手都使劲地抓着步行器，如果一只手得空出来拿东西她就迈不了步了，所以步行器上就挂了一只装东西的袋子。

接下来，就必须返回到床边了。首先得把身子调转过来。她慢慢地转动步行器，半步半步地转，又花去了几分钟的时间。方向确定后，菊池女士开始往回走了。她发出"呼——呼——"的喘息声，似乎比刚才还要痛苦，步子越迈越小。因为只能慢慢地往床边挪，花费的时间之长是超乎想象的，几乎都令人失神了。终于，她抓到了床边的扶杆，"嗨哟"一声，像要倒在床上一样坐了下来。

"呼——呼——呼——呼——呼——"

光调整呼吸就已经耗尽了老人家的全部力气，几乎连话也说不了。过了两三分钟时间，呼吸渐渐均匀了下来，菊池女士才终于能够开口说话了："不只是风湿啊，心脏也有老毛病，所以，稍微动一下就会喘粗气。"

就这样，除去取午饭外，菊池女士几乎是不走路的。为不离开床也能生活，必要之物都放到了床边。电视、空调等的遥控器，就连报纸，家政护理员来的时候也给她放到了床上。但吃的东西会坏，所以只能放冰箱里了。因此，"去取午饭"的考验，每天都在一旁"等候"……

这天的午饭，是马铃薯色拉外加一根香蕉。扯掉盖在色拉盘上的保鲜膜，她慢慢地把食物往嘴里送。

"真好吃……"

这话不是跟谁说的，而是边吃边自言自语。明天，为取午饭，那"5米的考验"仍在等待着她。而一旦哪一天连这5米的路也走不了了，那这孤身一人的生活，也将难以维持。

形影相吊的晚年

早晨7点30分过后。即便没有约人见面，菊池女士也会按时起床。为与她一起过一天，我们采访人员一早赶来了。

"早上好。"

从窗口里冲着外面打完这声招呼，菊池女士就抓住了步行器。她要打开窗帘，窗边离床有两三步远。唰地一下拉开窗帘，早晨的阳光便射了进来，房间里一下子亮了起来。菊池女士一站到窗边，就朝外面说起来：

"早上好。早上好。树先生啊，早上好。天气真好啊。树先生啊，你心情也不错吧。"就这样，菊池女士的一天，就在跟天空、树木和小鸟们的会话中开始了。

"一个人，早晨起床什么话都不说，不是没意思嘛。像这样，对着外面说说话，心情一下子就好了。"

早晨8点。对菊池女士来说，除了中午去取午饭，早晨也有一个考验。

"啊，都到这个点儿啦。"

看了一眼墙上的时钟，她离开窗边，把步行器转到与床相反的方向。向着离那里有几步之遥、放在门厅边的洗衣机走去。每天早晨打开洗衣机已经是惯例了。

只要在家政护理员到来之前打开洗衣机，把衣服洗好，护理员就会帮自己晾上。护理员来了再洗，想要在1个小时的护理时间之内把衣服晾起来就有困难了，所以必须先把衣服洗好。说起洗衣机，应该只要把开关打开就行了，但对菊池女士来说，这是一项困难重重的任务。

　　她的手不能离开步行器，因此只能用一只手去取要洗的衣服，并打开洗衣机的开关。只见她一次次蜷下身去，为不让自己倒下而加倍小心地保持着身体的平衡，把要洗的衣物一件件放到洗衣机里。而最大的难关，就是放洗涤剂了。要用一只手打开洗涤剂的盖子，并非易事。

　　"太结实了。太结实了。打不开。"

　　因为有风湿，手也用不上力气，无法顺利地把盖子打开。她把洗涤剂容器夹在身上，固定住，然后用另一只手拼命去拧盖子。当盖子终于打开时，还必须把液体洗涤剂倒进洗涤剂入口里。

　　因一只手拿着洗涤剂，就要把身子靠在洗衣机上以保持平衡。手很疼，无法保持稳定，哆嗦着，想把洗涤剂倒进小小的洗涤剂入口里，但一哆嗦，洗涤剂都会从入口处洒出来。终于打开洗衣机的开关时，她的脸上已是一副精疲力尽的表情了。

　　8点30分。

　　"早上好！"随着一声很有活力的招呼，家政护理员来了。

　　第一件事就是做早饭。一边嗵嗵嗵地切菜，一边把平底锅架到煤气上，开始做腊肉炒鸡蛋。护理员的厨艺实在是太精湛了，让人看得入迷。

"只有1个小时，要做很多事，速度第一，效率至上啊。"家政护理员说。10分钟不到，早饭就做好了——味噌汤、腊肉炒鸡蛋和米饭——并端到了床上。刚出锅，冒着热气的饭菜，只有早饭这一顿。午饭是事先做好放到冰箱里的菜肴，晚饭则是送上门的便当。菊池女士吃着颇为贵重的早饭，表情很有些奇妙。

就在她吃饭这会儿，家政护理员手里的活儿也没停下，做午饭，清理便携式厕所，等等。菊池女士能支付的，只有1小时的服务费。正因为知道无法增加时间，才格外珍视时间，为尽量将更多的服务加入这1小时之内而战。

9点30分。

家政护理员最后做的一件事就是晾衣服。

熟练地把洗好的衣服放到筐里，在厨房旁边的小屋里砰砰砰地晾了起来。速度很快，但皱褶尽皆抻开，边边角角也对得很整齐。若非事先洗好，很可能根本就做不到这一步。

作为专业人员，技艺精湛，但又马不停蹄，片刻不歇，这应该是相当繁重的，令人不得不佩服。

为维持孤身一人的生活，这每天早晨1小时的家政护理服务是不可或缺的。但再增加一点服务不只是护理员工及护理师们的想法，也是菊池女士的心声。想增加什么服务呢？一问之下，菊池女士很有些抱歉地坦率告诉了我们。

"比如，便携式厕所……"便携式厕所就放在床边，"家政护理员上午会帮我清理，但说心里话，要是下午或傍晚，再帮我清理一次就好了。"

在这个时间段里，用完了就那样放着，味道难免会弄得满屋都是。当然，要是有家人一起住，或许就帮着清理了，但对菊池女士来说，却只能依靠家政护理人员，可又没有余力增加护理服务。晚年生活的放心与舒适度，全看"金钱"的多少——完全有能力负担的老人很少——这就是现实。

菊池女士还告诉我们，家政护理员的作用还不只是提供生活支援。每天早晨，家政护理员走后，那么长时间都得她一个人孤零零地度过。看电视，看报纸……一个人度过的时间，长得没有尽头，感觉时间过得非常慢。对喜欢跟人说话的菊池女士来讲，这样的时间就是与寂寞战斗。采访结束回去时，已经与采访人员全然亲近起来的她，一定会挽留。

"不介意就住下吧。有房间，被子拿出来就能用。"

每当听到这样的话，就总感觉把菊池女士一个人留在这里走掉过意不去。

"还会来的。"

每一次离开，都有些于心不忍。这一瞬间感觉到的，是菊池女士所背负的巨大的孤独。

"想到外面去"

"我有个梦想。"某天去采访，菊池女士唐突地说道，"我想再到外面去散步，或者买东西。"

以前，菊池女士在同一个住宅区里有几个朋友，关系好到连家人之间都有往来。据说，外出到附近买东西遇到了，站着聊起来就开心得不得了，迟迟回不了家。而生活中的一大乐事，就是一年几次跟附近的朋友或老公的工作伙伴们去旅游。但现在，这样的外出已经没有了。因为她出门必须靠轮椅，而她连推轮椅的家人都没有。只是到近处的商店街看看商店的橱窗，都成了实现不了的梦想。

对这样的菊池女士来说，可以得到外出机会的一线希望，就是护理保险服务。但就现实来说，这也有困难。又要做饭，又要打扫厕所、洗衣服，等等，每月能用的服务项目几乎全都用了，再增加"与家政护理员外出"的服务之类——当然，交钱就可以——已经不可能了。

"非常喜欢在不同的季节去看应季盛开的鲜花，去看满眼绿色的树木。到外面去，大大地深吸一口气，心情很好，对吧。"菊池女士望着远处，一脸万念俱灰的表情，叹了口气，或许非常怀念并恋慕着外面的世界吧。她从位于2层的房间窗户一直望着在风中摇动的树木，望着楼前路上来往的行人，百看不厌。

"早晨，我喜欢看小学生们从楼前经过。"

那天，小学生们也是精神百倍、活蹦乱跳地欢闹着去学校。一边玩捉迷藏一边跑向远处的孩子们，互相嬉戏着，时而又吵起嘴来……菊池女士就从窗户里一动不动地看着。那天早晨，孩子们一边玩着令人怀念的游戏，一边经过。

"包袱剪子锤！"

"巧、克、力！"

伸剪子获胜①的小学生，一边说着巧克力，一边蹦蹦跳跳地远去了。

"包袱剪子锤！"

"菠、萝！"

这回，伸包袱获胜的小学生像要撵到"巧克力"前面去一样，又蹦着往前去了。从窗户中看到的这幅画面，就是菊池女士能够看到的外面的世界了。

"不可能外出的话，到阳台上也可以。在阳台上，就会想，要是能出去就好了。"窗外有一个小小的阳台，洒满了阳光的阳台看起来非常舒适。可是，菊池女士要独自去阳台却无能为力，因为那里有一个小小的台阶，老人有可能会摔倒。或许，是因为只隔了一片窗户玻璃却到不了外面的不甘，她的侧脸上又是一副万念俱灰的神情。

"一想到连到外面去都不可能了，想死的心都有过。我对来家里出诊的医生说，都走不了路了，还不如从这个阳台上跳下去，一死了之。医生听了，说：'菊池女士的房间在2层，就是跳下去也死不了啊。'当时，两个人不由都笑了起来。虽然医生这样鼓励我，但内心里，一死了之的想法却是抹不去的。"

可以到外面去，自由地感知外面的世界，还能见到想见的人，这类事情已经与菊池女士无缘了。或许已是与之无缘的梦想，但我仍然希望，终有一天她会实现这个小小的梦想——明知道没办法实现，可仍禁不住这样祈愿。

---

① "剪子"与"巧克力"的日语首字母发音相同。下文"包袱"与"菠萝"情况相同。

让在床上度日的菊池女士专心致志地埋头其中的，是儿童上色用的线条画。床周围，这里那里，贴满了她用彩色铅笔涂好的漂亮图画。虽是始于手部康复训练的目的，但她对涂上漂亮颜色所带来的乐趣入迷了，几乎所有的时间都花在了这上面。"一涂颜色就入迷，什么不开心的事都不会想了。要是什么都不做，就尽去想些坏事。"

不经意间一看，她正用黄绿色铅笔一心一意地为采茶的画面上色。

"采茶的时候，茶田真的好漂亮啊。"她一边开心地唱着《采茶》的童谣，一边不停地涂着。很快，一个小时就过去了。或许，在孤零零一个人度过的时间里，就想做点什么吧；或许，现在的她已经找到了为之痴迷的事物，也就能稍微平和地度日了。风湿的疼痛也好，孤独也罢，全都忘诸脑后，忘我地涂下去，涂下去……

现在，若没有轮椅，菊池女士外出都有困难。虽然她一直有一个梦想，将来有一天能用自己的双脚"走到外面去"，但因没机会接受专业的康复训练，她只能自己不停地做康复。

她从床上坐起来，抓住扶杆，"嗨"的一声给自己鼓劲儿，站了起来。然后，两脚站稳，两手握住扶杆，蜷缩着的背一下子挺了起来。握着扶杆，唰地一下，又挺了一下背。她保持着这一姿势，呆了一会儿，便又回到了原来的姿势，呼地吐出一口气，稍事休息。接着，又像刚才一样，唰地把身体拉直……反复数次后，说一声"完毕"，就坐到了床上。

"实际上，他们告诉我，家政护理人员或护理师不在的时候，做这个康复训练有危险，不能一个人做。可是，不是想尽快能走路嘛。所以有时候，就偷着做一做。"说着，她笑了。真是个坚强的人啊。

　　"为有朝一日外出时用，我买好了一样东西。"菊池女士指了指放在桌子上的盒子。盒子在手够不到的地方，为把盒子拉到跟前，她竟然拿出了一只机械手。机械手是儿童玩具的那种，杆长1米左右，前端像个大大的晾衣夹，可以夹东西。离床较远，手够不到的东西，菊池女士就用它来取。她熟练地操作着机械手，抓住了盒子，一点点地往跟前拉。盒子到了手能够到的位置。

　　"噢！拉过来啦！来啦来啦！"

　　她把盒子打开，里面是一双新鞋。全白，布制，看起来很柔软，这样，患有风湿的脚穿起来就不会疼了。她说，大约是在两个月前花500日元左右买的，白色的布底上画着粉红色的线条。菊池女士颇有些自得地展示着鞋子，说："穿穿试试。"但脚尖肿着，怎么都穿不进去。好不容易把脚尖按进去了，脚跟又无论如何都进不去了。经过一番苦战，想着好歹把脚都放进去，但总是被挤出来。

　　"买的时候能穿进去的呀。应该能穿的……好，再来一次。"

　　这两个月间，症状恶化，脚肿得厉害，已经明显超出了鞋子的尺寸。

　　"不行啊……好悲伤，眼泪都出来了。"

　　鞋子穿不进去，又被放回到了盒子里。她用机械手把盒子推到了桌子底下，不断地往里再往里地推着……一直推到机械手都抓不到的地方，这才呼地长叹了一口气。可能，是想把盒子彻底忘掉吧。

取鞋子时的笑容，不见了。

"晚年竟会是这样"

菊池女士房间的墙上，到处都挂着老公的照片。3年前，幸夫先生（化名）因肝癌去世。床的正对面，像是与菊池女士面对着面似的，挂着一张照片。这张照片是幸夫先生即将离世前拍的，那天是他的生日。当时，夫妻两人还一起接受护理服务。

"就在这个房间里拍的。家政护理员很有心，为我们拍了一张。"照片中，夫妻俩靠在一起，笑着。她似乎很喜欢这一张。"他呀，很喜欢喝酒，抽烟。有一次，医生说不能喝酒了，所以我就藏了起来。可还是让他给找到了，全给喝了。"

幸夫先生的佛龛前供着香烟。

"为尽量少抽烟，也控制过每天抽的支数。但在他即将离世前，觉得他可怜，就故意在他看得到的地方放了一盒。可最终，他都没注意到就走了。跟他说，'落下东西了'，就供到了他的佛龛前。"

害怕寂寞的幸夫先生生前经常说："我要走在你前面，你要送我啊。"这话都成口头禅了。望着老公的照片，菊池女士对着佛龛嘟哝道："被留在世上的我，也很孤单啊。"

菊池夫妇都是东北人。昭和三十年代（1950年代），很多年轻人到东京找工作，幸夫先生就是其中的一位。一个同乡来打招呼，让他跟菊池相亲。

"谁先看上谁的？"

"这还用说，当然是他嘛。一开始，我什么都没想嘛。"她笑着答道。说起老公，菊池女士的样子真的是非常开心。

在东京的婚姻生活开始不久，儿子就降生了，他们的独生子。幸夫先生经营着一家建筑公司，就靠这家公司养家。那时的菊池一边在建筑公司帮忙做经理，一边抚养孩子，忙得不可开交，日子过得很充实。

幸夫先生的一大人生乐趣就是晚上喝两杯，为此，菊池便大展厨艺，餐桌上，一定会有幸夫先生喜欢的辣辣的腌鱿鱼、炖萝卜等。

"每天做菜的时候都会想，又让老公受累了。"

床边桌上的点心盒里，装着与幸夫先生的回忆。一家人参加节庆时拍的照片，一家人外出旅游时都会拍的纪念照……多得数不过来。

"他呀，很喜欢开车，所以，经常开着车这里那里地跑。"

菊池女士他们三十几岁时，即1960年代，拥有私家车的人并不太多。幸夫先生一狠心，豁出钱来买了一辆，闲下来就驾着自满的爱车这里那里去旅游。照片中的幸夫先生体格健壮，神态威严。旁边，则是笑容柔和的菊池女士。

"有没有值得回忆的旅游？"

"嗯……全都是宝贵的回忆啊。"说着，她便讲起了前往东北的垂钓之旅。与幸夫先生同时代的男性，很多人都有钓鱼的兴趣，幸夫先生也不例外，是个"钓鱼发烧友"。她就跟幸夫先生去东北，到大山深处的小溪去钓鱼。下了车，沿着不叫路的路往前走，远远地，就能听到水流的声音。然后，视野突然开阔起来，在美丽的满目葱翠中出现了一条河。透明的河水清澈见底。相较于绝美景色的感动，印象更深的，是面前的幸夫先生一条接一条不断将鱼钓上岸来的垂钓技艺带给自己的惊叹。

"呼地鱼竿一甩，就钓上来了。"

一说起往事，她就再也停不下来了……

独生子与老公之死

不幸袭向这对形影不离的夫妇是在他们的晚年——独生子幸一先生（化名）早夭。大学毕业后，幸一先生在运输公司上班，是在老公去世前5年走的，当时才四十几岁。因没到公司上班，同事感觉很奇怪，就去了他家，这才发现他倒在了屋里。

"他不是无故缺勤的孩子。也正因为这样，同事才会及时注意到，可……"

死因虽至今不明，但菊池女士认为，可能是过度劳累导致的过劳死。幸一先生没有结婚，即便一直处于繁重的工作状态之下身体出现了不适，可能也没人留意到。

"事到如今，虽然不知道到底怎么回事……很是后悔啊。"

她低下头，落寞地说。幸一先生对母亲很体贴，还是个孩子的时候，妈妈气色不好了他总能留意到，问一声："妈妈，您没事吧？"

　　"很小的时候，还不会说'没事吧'，而是瞅着我的脸'没四吧，没四吧'地问……真的是个体贴孩子啊。"

　　望着幸一先生的遗像，菊池女士流着泪说了一句令人意外的话："那个孩子可怜啊。真是可怜啊。实际上，不该把他生下来的。"

　　菊池女士身体弱，十几岁的时候，因患结核病而不得不一次又一次地住院，甚至被医生告知："病弱的菊池生孩子可能会有困难。"

　　"因为我身体弱，没能把孩子生得健壮些。真想把他生得再结实些啊。"

　　她一直在自责，认为儿子早夭都怪自己身体弱。

　　"我对不起那个孩子啊。"

　　菊池女士眼里噙着大颗的泪，忍着不流下来。

　　"那个孩子说，将来要照顾我们夫妻俩。"

　　儿子健在的时候，菊池女士从未为自己的晚年担心过。万一有什么事，有儿子呢，总会有办法的。但儿子的意外夭折，却让她失去了老来的依靠。

　　儿子走后，能够不至于绝望而活下来，全因老公幸夫先生在身旁。精神方面不用说了，经济方面也能得到他的支持。正因有了老公的养老金收入，此前的生活才并无大的不便。

　　幸夫先生经营过个体建筑公司，每月都有 6.5 万日元左右的国民养老金收入。菊池女士也有国民养老金收入，同样是6.5万日元左右，合在一起，就有13万日元左右。她说，老年夫妻靠这些钱生活，虽然讲究不了什么，但也足够了。

但是，3年前老公离世，生活就天翻地覆了。老公的养老金收入，没有了。

"老公走后，经济方面的的确确是艰苦了。"

不只是菊池女士，一旦因一方先走而孤身一人，便即刻陷入"老后破产"的情况并不少见。没有了同在一个屋檐下的家人，很多情况下，就只能增加护理服务等，因此，收入减少了，支出却增多了，这就令状况越来越严峻了。

"就算是夫妇一起生活，但总有一天会只剩下一个。"

这是不用说的。即便是现在，如夫妇、父母子女或兄弟姐妹等有家人与老人一起生活的家庭也在1 000万户以上。但就是这些人，最终也会只剩下一个。到那时，只要没有"可依靠的金钱"和"可依靠的人"——就会有"老后破产"的风险。

"今后的时代，日子会越来越苦吧。"

菊池女士从床边的小柜子抽屉里取出了一只荷包袋，从里面拿出了信用金库①的存折，存款栏里有养老金的汇入记录。看到2014年6月的汇款金额，菊池女士大声喊了起来："少了？是500日元？还是1 000日元？！不管多少，对我来说都是大数目啊！"

---

① 以中小企业为对象，做存款、放款、贴现等业务的金融机构。

控制社会保障支出已是国家的当务之急，养老金支付额度正在分阶段降低。就菊池女士来说，从去年到今年，年减少金额约在 5 000 日元左右。但另一方面，消费税却由 5% 提高到了 8%，护理保险费等也在不断上涨。或许，存款的取用节奏也会不断加快。

"一点一点地，这像软刀子杀人一样啊。反正是要杀，干脆一刀杀了算了。不想什么长寿了。"

平时从不大声说话的菊池女士语气很强烈地说道。正如"一点一点软刀子杀人"所形容的一样，一点一点地，生活，越来越苦了……

"太残酷了。要是这样也不想活了。"

菊池女士也在控诉活着的艰辛——"不想活了"。"不想活了""死了算了"，这样的话，我们采访人员屡屡从老人们嘴里听到。为什么，能让老人们感到"活着真好"的社会，就实现不了呢？

众多老人被逼入"老后破产"的境地，连活着的气力都在不断丧失……这一现实，我们只有直面。要找到解决的办法，也必须从直面开始……

城市的孤独

8月的某一天，在菊池女士生活的住宅区里，很多人身着短号衣①来来往往，广场上也挂起了灯笼，附近的公园里

---

① 日本手艺人、工匠等穿的短外衣，在衣领或后背印有字号。

还为盂兰盆舞准备了会场。这是住宅区每年一次的例行活动——纳凉会。幸夫先生担任自治会会长时,菊池女士也站在地区活动的最前列,为盂兰盆节的准备而奔忙。

"过去,这是住宅区的一个大活动,全家人一起出去。现在,怎么说呢,最近,社区里人与人之间的联系也弱了……"

傍晚时分,隐约传来了节庆的音乐声。路上,穿着夏凉和服的女性们也引人注目了起来。稍往前走,就能看到特意为盂兰盆舞搭设的舞台。正赶上流行"东京集体舞",上了年纪的女性们身着夏凉和服,开心地跳着。舞台正中的高台上,一位扎着麻花头布的男子正在击鼓,气势磅礴。节庆会场里一派热火朝天。

舞台四周,是呈包围之势的露天摊贩。飘溢着浓郁酱香的炒面,火红火红的苹果糖……这里那里,母亲们被孩子们缠着,吵着闹着"买嘛买嘛买嘛"……

菊池女士也曾牵着儿子的手,开心地参加过吧。现在,因不能外出,她只能听着从远处传来的节庆的音乐,勉强知道大家在那里热闹……节庆之夜,菊池女士孤单地呆在屋里,看电视。是怀旧音乐特集。

"这个节目,每年都会演。可喜欢这个节目了。"

电视里播放的,是80年代的《红色麝香豌豆花》。不经意间发现,为抹去远处传来的节日的欢声,菊池女士已经轻轻哼起了怀旧的曲子。

夜里,关掉电视,寂静便在屋子里蔓延开来。差不多该睡觉了。菊池女士走到窗边,像早晨一样,冲外面说:

"树先生啊，今天又受累啦。大家都受累啦。谢谢。"

这时，她抬头往上空一看，大声说："呀！能看到月亮。这不是能看到月亮嘛。谢谢！月亮啊，让我看到你的脸，谢谢啦！"

从窗口望去，一轮洁白的满月，正高悬在空中。

"拜托啦。我想到阳台上去。我想到阳台上去。能帮我一把吗？"

菊池女士恳求我们。正不知该如何是好时，她已经抓住了窗户，想靠自己的力量出去。

"好吧！那，您慢点儿。"

导演、摄影和音响师，三位男性工作人员都过去帮忙了。一起帮忙的话，好歹应该能成吧。如果用步行器，就下不了阳台的台阶，因此，必须放弃步行器。这三位一位抓住她的两只手，充当步行器的扶手，另两位则在两边搀扶，总算到了阳台的台阶前。

终于，要越过最大的难关——台阶了。台阶约有15厘米高，但菊池女士的手脚因风湿而无法用力，脚也抬不起来，根本迈不过去。三位工作人员决定，一个扶着她的两只手，另一个把她的右脚搬起来，再慢慢放到台阶的前面。

"一边一边地来啊，慢慢来就行。"

右脚落在阳台上以后，左脚也慢慢地放到阳台上。等站好后，就扶她往前走，直走到手能够到栏杆的地方。跟屋里不同，外面的风很舒适，或许因为这样，菊池女士很兴奋，脸上泛起了红潮。

"月亮看得好清楚。真美啊……"

她抓住栏杆，身体靠在上面，抬头看着月亮。双目因感动而湿润，一动不动地静静看着天上的月亮。

"谢谢。谢谢啦。"

一次又一次，感谢的话在她的嘴里重复……

到窗外的阳台上去，仅此而已，但对菊池女士来说，却是无可比拟的大事。外面的风，像抚摸一样静静地在脸颊上吹过。虽想就这样一直站在阳台上，但她还是恋恋不舍地回过头："给大家添麻烦了，差不多该回屋了吧。"

菊池女士心满意足地说。于是，又在大家的搀扶下回到了床上。

两个月一次的乐趣

每过两个月菊池女士就有一次"外出"的机会，只有一个小时。两个月一次的养老金发放日这天，家政护理员会带她去信用金库领钱。但因护理保险规定的服务项目已经到达上限，因此外出服务就要全额负担（普通的护理服务菊池女士负担一成），大约2 000日元左右。尽管如此，菊池女士对这一天的到来还是满怀期待。

信用金库就在都营住宅区旁边，位于一条小商店街的一角。过去，菊池女士几乎天天都会来逛这条商店街。

8月中旬，逢双月支付的养老金发放日，到了。

菊池女士已经做好一切准备，就等这一天的到来。当天早晨，采访人员9点赶到了菊池女士家。要在平时，这正是吃早饭的时间。

"菊池女士，早上好。"

进屋一看，菊池女士已经换上了外出的衣服，在床上坐着等我们。她说，今天特意早起了，已经做好了万全准备。往她脚上一看，袜子也已经穿好了。一个人能穿袜子吗？我们吃惊地问："自己能穿上袜子吗？不会疼吗？"

要穿袜子，就得弯下腰去，非蜷身不可。要是自己穿的，那就一定是忍着疼痛勉强而为的吧。外出愿望的强烈竟到了这种程度。

"好不容易出去一次，总不能光着脚吧？"

菊池女士喜不自禁、满腔兴奋地答道，那脸上的笑容远非平时可比。说话间，照顾她外出的家政护理员来了。

"今天天气好。太好了。要赶上下雨就麻烦了。"

家政护理员满头大汗，看样子是赶着过来的。

"就是说啊。"

菊池女士开心地抬头看着窗户，耀眼的阳光从那里洒了进来。

"差不多该走了。"

菊池女士从床边站了起来。家政护理员慢慢地把她搀到了轮椅上。自己系好安全带后，又让护理员帮忙穿上了鞋子。那双鞋，不是为外出买好的带有粉红色线条的新鞋，而是一双茶色的旧鞋。这天，因为脚肿着，那双新鞋没能穿进去。这多少让菊池女士感到沮丧，但那天的她，表情仍然明亮。为挡一挡夏天的阳光，又戴上了帽子，两个人就这样出去了。

轮椅驶下电梯，1层还有个入口大厅。穿过入口大厅之后，终于来到了户外。"哇！"菊池女士脸上的笑容绽开了。

要到信用金库，慢走也要10分钟左右，途中要穿过一个大大的公园。公园里，有一条郁郁葱葱、林荫蔽天的步道，四周环绕着喧嚣、嘈杂的蝉鸣。

"啊，这是银杏树，那是瑞香树。"

菊池不时让护理员停下脚步，似乎在慢慢地享受眼前的夏日景色。

护理员推着轮椅，两个人说说笑笑，不知情的人看到，会以为她们是正在享受散步之乐的母女。穿过公园，就到了那条小小的商店街。菜馆、蔬菜水果店、肉店……在路两边排开的店面，看起来都是有年头的个体商店。

"这一带，以前我几乎天天都来买东西。现在稍有点凋零了。过去，一到傍晚，那可是热闹得不得了。"

听菊池女士说，要在二三十年前，对住宅区里的人来说，这条商店街不只是购物的地方，还是社交的好去处。附近的人们都在这里碰碰面，聊闲天，或者互相报告一下近况。但现在，大型超市等纷纷在郊外出现，这里的人流也渐渐消失。大型购物中心的出现，迫使当地的个体商店相继关门歇业，商店街两边卷帘门紧锁，人迹罕至的事也经常听到。年深日久的这种商店街，可以说是人们"情感联系"的起点。这样下去，社区内的人们的人际关系也会越来越弱吧。

护理员推着轮椅，沿商店街慢慢往前走，不一会儿，就看到了信用金库的招牌。

"就是这里了，我平时来的信用金库。"

菊池女士坐着轮椅进去了。这家分店的面积很小，只有两个窗口。菊池女士一进去，已是熟人的职员就冲她打招呼了："上午好！"似乎也知道菊池女士每两个月就来取一次养老金。"像往常一样就可以吧。"确认之后，金库职员便为她准备好了支取用的格式纸。菊池女士的手因有风湿痛，写小字有困难，就请护理员代笔。

"￥80 000"

每次取两个月的生活费，8万日元，雷打不动。护理员担心地问："够吗？"菊池女士只答了一声："够了。"

接过装有现金的信封，道了谢，两个人离开了信用金库。回去的时候，又沿着商店街慢慢往前走。每次回去的路上，菊池女士一定会顺便去一家洋货店。不知道为什么，这家店总是在大甩卖。

"罩衫￥500""袜子三双￥300""连衣裙￥1 000"的标价映入了眼帘。对生活不再宽裕、无力购买新衣服的菊池女士来说，这是一家好歹能买得起的熟识的洋货店。尽管如此，她也几乎不买东西。她说，只转转看看就很开心了。菊池女士让护理员推着轮椅，在店里转了一圈。不时地，她也会停下来，看一看设计、质感和标价，再放回去。

最终，这天，菊池女士也没买衣服。

"没有喜欢的吗？"我问。

她回了一句："奢侈不得啊。"

出了洋货店，稍往前走几步就看到了一家便当店，是街上到处都能看到的便当连锁店。

菊池女士突然在这家店前停下，说："这个便当，看起来好好吃啊。"她用手指的，是贴在店门上的炸物便当海报。

"这个，大家一起买了到我家吃怎么样？"

菊池女士向我们采访人员提议说。时间刚好快到中午了，我们当然没有异议。于是就决定，3个员工1人1份，再加菊池女士1份，买了4份。

到了家里，从轮椅上下来时，她"嗨哟"一声长出一口气，坐到了床上。

"呀——外面好热啊。"

摘掉帽子，脸上红红的她就像郊游归来的孩子一样，无忧无虑地笑了。

"好开心啊，还是外面好啊。"

我们打开刚做好的热热的便当，便大口大口地吃了起来。采访人员虎虎生风地吃着，菊池女士喜笑颜开地看着。

"说实话，与其说是想吃炸物便当，不如说，是想在这个房间里跟大家一起吃顿饭。你想，天天都是我一个人吃……"

可能是有人一起吃比自己一个人吃开心吧，她只是一个劲儿地看着大家吃，自己不动筷子。

"我也会劝护理员，吃了点心再走啊，喝杯茶再走啊，可总是被拒绝，说有规定，不允许。所以，有日子没这样跟大家一起吃了。"

能让菊池女士高兴，想到也算帮了点忙，这让我们感到很开心。

"近处有一家做得很好吃的拉面店，可以送到家里来，你们可要再来啊。"

菊池女士开口道。老公幸夫先生生前特别爱吃拉面，幸夫先生喜欢的酱油拉面堪称"绝品"，所以，请我们一定跟她一起吃一次。

令我们开心的不是绝品拉面的诱惑，而是菊池女士的邀请。于是就答应，"还会来玩，到时候一起吃拉面。"

避不开的"老后破产"

9月，菊池女士的采访、拍摄结束，我们着手剪辑时，异常状况出现了。因为要核实有关的情况，我们给菊池女士打了电话。要在平时，5秒不到电话便会被接起，无绳电话就放在床上的枕头边。又因菊池女士几乎不会外出，所以电话铃一响就应该接听的。但那天的电话却迟迟没有人接，打多少次都只有嘟嘟声。

"奇怪啊。"当时想，是不是因护理服务什么的出去了。

预感到不祥，是1小时后再一次打电话过去的时候。这个时间，她一定会在家的。可电话明明是通的，菊池女士却没有接。"不会倒在屋里了吧……不，或许只是睡着了。"东想西想，还是不住地担心，于是就决定给提供护理服务的机构打电话。

"菊池女士住院了。"

我们也询问了病情，但护理服务的负责人拒绝透露，说："这涉及到个人隐私。"

挂上电话30分钟后，我们抵达了菊池女士入住的医院。时间是晚上7点过后。住院楼里很安静，在走廊里走着，甚至能听到周围传来的打呼声、带动呼吸器运转的机械声。住院的病人们吃完晚饭，开始准备睡觉了。

"这就是菊池女士的病房，最里面那张床。"

拉开帘子进去，菊池女士"啊"的一声，就要坐起来。

"就这样躺着吧。因为担心您，就来看您了。"话说得很小声。"对不起，让你们担心了。"菊池女士的声音很弱。说完，一脸歉意地微笑起来。

原来今天早晨家政护理员来的时候，菊池女士突然感觉胸口很闷，像被捆住了一样，就叫了救护车送进了医院。医生说接受治疗后菊池女士的病情稳定了下来，也没有生命危险，令我们放下心来。但是，这一住院，菊池女士的日子就更苦了。因身体状况恶化住院，护理方案就要修改，必须增加护理服务的项目。决定护理服务内容的是护理经理，他也是老龄人员护理方案的制定负责人。

护理经理说："我认为，护理认定等级需要变更。"

原则上，护理认定审查1年进行1次，审查内容包括能不能一个人走路、日常生活自理到何种程度、有没有痴呆症状等等，根据这些综合判断，最终确定在1至5级之间的哪个等级。就现状而言，菊池女士是"护理2级"——即服务最少的"1级"的上一级——但护理经理的想法是，要根据其症状的严重程度重新考虑，应再上一个等级，即认定为"护理3级"。

若成为"护理3级"，护理服务项目就会增加，但基本费用也会更高，负担也会随服务的增加而加重。如此一来，就可能因负担不起而一下子被逼入"老后破产"的境地。但如不重新评估，仍然是"护理2级"，服务不到位，又可能难以放心地在家里生活下去。像菊池女士一样节省护理服务的人们，正在带着"老后破产"的不安，过着完全如走钢丝一般的生活。

入院后第3天，再次去探望的时候，菊池女士已经从床上坐起来了，正在病房里配的小桌子上看杂志。

"快看，我的脚变得很漂亮吧！"

她开心地伸出双脚给我们看，原来肿得像面包一样的脚，现在已经完全消下去了。食欲也已恢复，桌上的盘子里空空如也，午餐全都吃光了。

"好像再过两周左右就能出院了。说心里话，真想快点回去啊。"

住院更让人放心，24小时都有护士，可要说到舒适，菊池女士说，还是想回到已经住惯的家里。但又担心出院后的生活，即担心会由"护理2级"变为"护理3级"。调整为"护理3级"的话，服务当然会增加，但费用也会相应加重。从经济上来说很严酷，但要维持一个人的生活，这笔花销又是避之不开的。她也觉得若仍维持"护理2级"，也难以维持一个人的生活。

几周后，菊池女士顺利出院了。最终，护理认定改为了3级，费用增加，存款相应减少得也快了，就这样捉襟见肘地勉强度日。当存款全部花光时——当然，存款再少，菊池女士也想去世的时候手里能留下一点——才能得到生活保护。如此，医疗费、护理服务费就会免除，负担也不会随服务的增加而加重了。

看着尽最大限度坚持也无法增加护理服务项目的菊池女士，不由会想，为什么就没有一个机制，现在就能伸手帮她一把呢？

菊池女士所需要的是完备的护理服务，但其费用负担却会将她的生活逼入绝境，而能让她得到充分护理的又只有"生活保护制度"。可以想见，如果政府不提前建立一套能够防患于未然的制度——比如减免医疗、护理等费用——那么，陷入"老后破产"，必须接受生活保护的老人就会不断增加。即便以控制社会保障费用为前提，社会也在等待着防止陷入"老后破产"的制度出台。

以"家族功能"为前提的护理保险制度

从现实来看，人到晚年只靠国民养老金一个人生活下去有可能性吗？现在，就算国民养老金全额支付，每月也只有6.5万日元左右，但生活保护制度支付给单身老人的生活保护费，却有13万日元左右。相比之下，国民养老金已经低于宪法所认可的最低生活水准了。

"老人有自己的家，不能与生活保护水平同等看待。"可能有人会这样反驳。但是，依据生活保护制度的机制，对房租等"住宅扶助"与生活费等"生活扶助"也是分开提供。在城市，生活扶助金额每月约为8万日元，所以，即便国民养老金全额支付也要低于这一水平。也就是说，只依靠国民养老金生活的人，只要没有存款等资产，就有权享受生活保护。

可是，很多老人并没有行使这一权利。就像在说"奢侈是大敌"一样，他们节衣缩食，坚忍度日。也能经常听到老人们表示，接受生活保护是"给国家添麻烦"，这会令他们产生罪恶感。但是，就算竭力忍耐，可一旦生病或需要护理，就不得不接受生活保护了。可以预见，今后这样的老人增加的速度只会越来越快。

在刚开始制定养老金制度等社会保险的基础时，孤身生活的老人还很少见。当时，家人在一起生活是理所当然的。出台于这种背景的制度，却至今都不重新审视，或许也是导致"老后破产"现象越来越严重的原因之一。

全体国民加入养老保险的国民养老金制度的最初出台，要追溯到半个世纪之前的1961年。当时，祖孙三世同堂的比例还很高，爸爸作为全家的顶梁柱外出工作，祖父母的养老金就像"零用钱"一样。比较今昔资料，1980年三世同堂的比例为60%，而2013年下降到10%左右。也就是说，养老金不再是"零用钱"，而逐渐演变为主要生活收入了。如果是老夫妻两人或跟孩子一起生活，还可以以两人的年金维持，但要是孤身一人，那不得不靠一个人的养老金生活下去了。

指出这一前提已然变化，现实与制度不相切合的，就是前文中提到的明治学院大学河合克义教授。他指出："国民养老金制度本身，在某种程度上，是以家庭功能在发挥作用为前提制定的。"

到了晚年，自己一个人生活的时候，只靠自己的养老金能生活下去吗？——并且，未来养老金还会变得比现在还少——想到这些，很多老人都会为自己的晚年感到不安。

当我们无可避免地面临"老后破产"时，又能寻求怎样的救济措施或支援手段呢？事先加以了解，或许会有备而无患。

第三章
为何会陷入"老后破产"
——社会保障制度的陷阱

"长寿了存款会见底,还是在此之前死了的好。"

一点点被逼入"老后破产"的恐怖

"老后破产"的恐怖，在于一点一点被逼入绝境之感。采访到的多数老人并非一下子就陷入到破产状态中去的，而是生活困顿之后，或变卖家产，或存款花光，等等，最后才陷入"老后破产"的。

因为是一点一点地被追逼到最后关头，那种不安和恐怖会持续很长一段时间。而不安与恐怖的源头，则是"当财产都没了，接受了生活保护就真能生活下去吗"。他们因此一直节衣缩食，尽量不去动用存款。视情况，连医疗费、护理服务费都会节省——尽管可能导致病情恶化，危害生命安全。

到都内足立区的一家家政护理站采访时，请该站为我们介绍了一个"一点一点被逼入""老后破产"的典型案例。

川西真一（化名，83岁），非常喜欢跟人聊天。

负责的护理经理第一次带我们去川西先生家时，他到一进门厅便铺有榻榻米的起居室迎接了我们。起居室有8张榻榻米大小，再往里有一个厨房，5张榻榻米大小。以前，家人在一起生活，很宽敞，第2层现在没人用。

刚招呼我们在坐垫上坐下，他就边问"喝茶吗"边去厨房准备茶水了。我们这才留意到，他走起路来脚有点拖。

"腰腿不太好，但还用不着担心。"

几年前，川西先生的脚关节就出现疼痛的症状，不能长时间走路。护理服务每周只有1次，尽管会帮他购齐生活物品、打扫房间，等等，但每天的日常家务却必须一个人干。

"习惯啦，几十年都这样一个人生活嘛……"

〈川西先生收支明细〉
● 收入（月）
国民养老金 = 60 000 日元
● 支出（月）
水电煤气费、电话费等公共费用 = 15 000 日元
生活费（伙食费等）= 55 000 日元
医疗费（含去医院就诊的费用）与各类保险费 = 15 000 日元
护理服务 = 5 000 日元
结余　−30 000 日元

川西先生的父亲曾是一名木匠，高中毕业后他也跟着学了起来，从那时起就一直从事这一工作。30岁能独当一

面了之后开始独立接活，到70岁的时候，身体不太听使唤，爬不了梯子了，便此决定退休。

虽然在建筑业工作了50多年，但是川西先生没有企业的社会养老金，只有国民养老金。加上某些时候未能如期缴纳养老保险，所以拿不到全额养老金，每月有6万日元。靠这点收入根本不够，只得动用存款勉强糊口。像川西先生一样，因为从事个体经营或务农而没有社会养老金，只能靠国民养老金度过晚年的人，自己一个人生活就艰难了。

国民养老金即便是全额也只有6.5万日元，支付完水电煤气、保险费等必不可少的费用后，就几乎没有剩余了。伙食费等生活费用也是必不可少的，因此川西先生的收支常年赤字。

川西先生过的是怎样的生活呢？他打开冰箱，让我们看了看。只见冰箱里满满当当，全是超市里买的鸡蛋，装在盒里的切好的肉、鱼，等等。

"腰腿疼嘛，也没法去外面吃，但说到底，还是考虑到钱的问题。自己做便宜啊。"

傍晚6点前。为准备那天的晚饭，他从冰箱里拿出了切好的青花鱼块。一盒鱼有4块，标价240日元。川西先生取出1块，把油倒入平底锅，吱啦一声，就熟练地煎了起来。把鱼块翻过来，那一面煎得恰到好处。

煎鱼的煤气灶下，放着一只小小的电饭煲。橙色的提示灯显示正在保温。可能，一次做好了一天量的米饭吧。只用了5分钟左右，晚饭就做好了。

〔煎青花鱼（1块60日元）、米饭、速食中华汤（1袋5

日元）］

川西先生说，尽量控制在一餐100日元左右，可即便如此仍然入不敷出。我们询问他详细的支出项目，想要知道他的其他花费。他从床下拿出了一个盒子，里面是捆好的收据。既有水电煤气等公共费用，也有医疗费、护理费等的收据。

水电等公共费用每月大约1万日元，而每个月的医疗费，光是去医院就诊的费用就高达5 000日元。

"此外，每2个月必须打1次抗癌针。这个针很贵，也要负担。"

川西先生3年前患了前列腺癌，手术后为了预防复发，必须每2个月打1针。他说，这个针医疗保险可以报销一部分，但仍需要自费4 000日元左右。再加上糖尿病等慢性病的治疗，以及注射费，平均每月的医疗费就近1万日元。

"万一癌症复发需要手术、住院等，钱一下子就会少了，存款眨眼就会见底。不，能不能付得起这笔钱都不知道。"

川西先生的真正想法是生活中不要出现赤字，但又不能把医疗费砍掉，因为他担心万一癌症复发，那就再也避免不了陷入"老后破产"的状况了。因此，尽管伙食费等尽量节约，存款仍在一天天地减少。

患有前列腺癌后，川西先生做了切除手术。虽说手术成功了，但术后必须长期去医院观察病情，因为，如果癌症复发，治疗就困难了。

交通费也想节约的川西先生，每次复诊都是坐医院的免费区间公交去。但要坐这个免费班车，就必须靠不良于行的双脚走20多分钟到车站。

尽管如此，川西先生仍坚持走着去车站。这时派上用场的，就是老人专用的手推车了。走路的时候像推婴儿车一样，身体就能得到支撑了，可以代替拐杖。不只如此，累了还可以坐在上面休息。川西先生推着手推车走5分钟左右就要休息一次。他就这样走走停停、走走停停地前往车站……

"要能打的就好了，但那太奢侈，只好多忍耐了。"

打的的话，单程就要花约2 000日元，来回4 000日元。打的能减轻身体的负担，但存款的减少也只在眨眼之间。

到了医院，川西先生便咕咚一声一屁股坐到了候诊室的椅子上。肩膀上下起伏，大口大口地喘气。乘免费公交节约路费的代价，就是沉重的身体负担。

叫到名字后川西先生进入诊室，医生就递给他一张纸。

"上次检查的结果出来了，目前看来没有癌症复发的迹象。"

听到这句话，因这次检查而脸色奇妙的川西先生的表情也放松了下来。

"直到现在，并没发现复发迹象，那就接着打针吧。"

川西先生接受的治疗，是2个月1次的高额注射。该治疗是为防止癌症复发，所以虽然3年前做了切除手术，但必须持续打针。问诊和注射都很简单，约10分钟后川西先生就离开了诊室。

但是当天他在窗口支付的医疗费高达 5 000 日元。

出了医院，他又顺路去了药店。从窗口递给他的药袋里，装着 2 周的服用量。药物有 10 种以上，血压药、肠胃及糖尿病药等等。每天都要服用 10 种左右……而这天在窗口支付的药费约为 2 000 日元。检查费与药费合在一起，当天就支付了 7 000 日元。

川西先生是后期高龄人员（75 岁以上）医疗制度的帮助对象，收入又不高，所以自费负担部分为一成。与现役劳动力自费负担三成相比，负担较轻，但对因慢性病等而不得不吃药治疗的老人来说，却也是一项沉重的负担。并且，若与现役劳动力一起生活，或从事个体经营等，收入超出了一定限度，视情况自费负担部分同样是三成。还有，癌症等的治疗药物多数都很昂贵，因此每次治疗的负担只会越来越重。

如果病情恶化，支出也会因住院及手术等大幅膨胀。医疗费是节约不了的，而很多老人就是因为无法节约的医疗费用，眼睁睁着存款一点点减少，被一步步逼入"老后破产"的境地。

讽刺的是，一旦"老后破产"，接受了生活保护，那此前承受不起的高额治疗也好，需要手术或者住院也罢，因医疗费全额免除，就再也无需担心费用了。只是，在能够享受生活保护之前，也有高额医疗费返还制度，若临时支付的高额医疗费超出一定额度（虽因收入不同而有异，但基本为每月4万日元以上），即可通过办理申请手续等令超额部分返还。

若每月负担的费用在1万日元上下，就没有相应的减免制度了。这对靠养老金生活的人来说负担沉重，但却无法获得政策支持。这些老人的避难之处，就是遍布全国的免费小额诊所。这类诊所是按照法律规定设立的，只要出示载有年收入的纳税文件，医疗费就可以减免。离家最近的诊所位置，可到全日本民主医疗机构联合会（民医联）主页等查询。

出了药店，川西先生便步履蹒跚地回家了。进家门后，他精疲力尽地在起居室的榻榻米上一屁股坐了下来。去医院，对他的身体来说也是一个沉重的负担，但又不可缺少。

川西先生看了一眼电视机前自己常坐的那个位置，那里，放着两个塑料瓶，里面灌的是自来水，他不时补充水分。听说"多喝水有益健康"，川西先生就付诸实践。身体多少要能好点，或许存款的减少就能打住——平日里注意健康，是为尽量延缓"老后破产"的到来。

有"家"也能接受生活保护

若没有亲属或熟人可以依赖，能够克服"老后破产"的就只有生活保护了。但如果有存款，就无法接受生活保护，此外，房产等不动产也是申请生活保护的一个障碍。很多老人养老金收入虽少，但却拥有自己的房子。在这种情况下，很多人因不愿放弃房子的想法太强烈而拒绝生活保护。曾经做过木匠的川西先生也不例外。

"这个家，是我亲手建的呀。"

三十几岁的时候，作为木工师傅亲手建起来的家，至今都令他自豪。父亲病故后，川西先生一直跟母亲和弟弟在这里生活，这个家里，到处都是回忆。

像川西先生一样，很多老人所住的房子，都是在工作年代付出了很多辛苦才到手的。但因为家会被视为资产，即便收入很少也无法享受生活保护。很多情况下，他们都被迫变卖家产或土地，拿到钱后去购买必要的服务。

但这一原则正在逐渐松动。如果房屋已经老旧，或土地价格非常便宜，继续住在家里也可以享受生活保护，但很多人却因不了解这一制度的例外而忍耐着。

"不想放弃自己的房子，所以享受不了生活保护。"

抱有这一误解的人，最好是去所在地政府的福利窗口咨询一下。实际上，若被认定为"财产价值很低"，也有可能无需放弃自己的家就能得到生活保护。特别是因医疗、护理服务等需要想接受生活保护的人，住在家里也可以以"医疗补助"或"护理补助"的形式，接受仅限于贴补医疗或护理费用的生活保护——这样的方式，有的地方政府也是认可的。"想在已经住惯的自己家里过世"——这是很多老人的愿望。或许，为兼顾这一愿望与制度性生活保护，在生活保护制度的运作层面，已经开始向时代的要求贴近。

对川西先生来说，亲手建起的家里倾注了对家人的爱，倾注了作为一名手艺人的自豪，已是不想放弃的"宝物"。川西先生的精心与执着遍布于家中的每一个角落。

"知道这个楼梯是曲形的原因吗？这是智慧啊。就算土地面积小，也能建一个小两层的智慧。"

仔细看，通往2楼的楼梯果然呈弯曲状。川西先生说，如果是直梯的话就太陡了，要计算出微妙的曲度，制作出分毫不差的楼梯，就需要高超的技术。

"这也是上周我自己做的。好像叫无障碍设施还是啥。"

为抹去起居室与厨房之间那道约10厘米高的门坎，他用木头制作了一个一上一下的斜坡。为不被门坎绊倒，他把木材加工成了三角形，做了一个斜坡。这样一来，轮椅也能轻松地越过去了。木材表面用锉刀打磨得很平滑，做工专业而又精细。

"做这种东西小菜一碟。桌子也好，椅子也罢，什么东西都能做。"

门厅里，精心保管着他的锯、锤子等木匠工具。身体状况比较好的时候，就用这些工具一展令他自满的手艺，改造改造家，做一做家具等。川西先生家里有很多手工家具，包括木制的置物台、电话座等。刚开始还以为，"是不是想节约买家具的钱呢？"但在交谈中慢慢明白并非如此。对曾是一名木匠的川西先生来说，即便是今天，"做东西"也是他最大的乐趣，是他活着的价值。

川西先生修习木工始于15岁左右，即战后不久。跟着父亲学做工匠时，因东京大空袭，他出生长大的东京庶民区全被烧光了。在所有建筑都被烧毁、化为一片焦土的故乡，川西先生下决心要做一名木匠。父亲当时说的话，至今言犹在耳。

"今后，日本需要建更多更多的家，盖更多更多的楼。需要木匠的时代到来了。"

川西先生内心涌起的，是想为重建日本贡献力量的激动。刚入门的时候，东西莫辨，老挨骂。尽管如此，到25岁左右时，基础知识、基本技能等也都掌握了，"虽不能独挡一面，但可以做最低限度的工作了"。到了30岁以后，就有人来购买自己的手艺了，订单也慢慢多了起来。

"那时候真的是很能干啊，订单一个接着一个。日本，也曾经历过那样的一个时代啊。"

他很有些骄傲地告诉我们，木匠，并非独揽架房造屋的所有工程，泥瓦匠、门窗隔扇匠等都是不可或缺的，而向这些手工艺人作出指示，进行整体统筹的，就是木工师傅。

作为木工师傅在工作中迈进不止的川西先生没有结婚。

"工作结束就跟伙伴们喝一杯，手工业者喜欢喝酒的人多嘛。那时候，身边总有人包围着，真的很开心啊……"

就这样，在焚烧一空的地方，城市建起来了，战后复兴的大业完成了。这，就是今天的老人们的丰功伟业。川西先生也一样，50多年一直诚实劳动，交养老保险，也没借过什么大钱。可尽管如此，现在却天天为陷入"老后破产"那天的到来而恐惧，而不安。

拼命工作，竭尽全力活到今天的一个个普通人，没有得到回报——

这，就是当今日本老人所遭遇的现实。

"零存款"倒计时

川西先生已经开始计算存款见底的那一天何时到来了。

"每个月3万日元的赤字，5年就见底了。"

还有5年——没人知道，在这天到来之前，像现在这样一个人的生活，川西先生能否持续下去。如果有手术、住院等大笔开支，那么，"存款还能支撑5年"的计划就全乱了。

"还有5年"的意思是，往长里说，5年后也会身无分文。

当存款归零时，川西先生也没有可以依靠的亲属。虽有个分开过的弟弟，但弟弟自己也是老人，维持自己的生活都需要全力以赴。川西先生也一样，不想依靠弟弟，给弟弟添麻烦。也就是说，手里的存款，就是他唯一的生活依靠。

等存款花光就能接受"生活保护"了。但要利用这一制度是有诸多条件的，这让川西先生萌生了退意。其中一大条件，就是"家"的问题。首先，政府会要求他把房子卖掉，先用拿到的钱设法安排生活。

"家没了，还真是让人心里空落落的……"

在东京都内，若自己的房子被鉴定为"财产价值低"，就算不卖也能得到生活保护，这样的案例正在增多。川西先生的房子也有50年的历史了，已然陈旧，作为房产来说，一般会认为价值很低。即便如此，川西先生还是作了

"最坏的打算"吧。对他来说，亲手建的房子，就是自己的人生本身。他害怕失去这个家。

针对拥有这样的房产的老人，在制度方面最近引起关注的，不是生活保护，而是"逆向抵当"制度。根据"逆向抵当"制度，政府等机构会以老人自己的房子作担保借钱给他们。合同到期，或到期前去世了，就把房子卖掉偿还借款。

对政府来说，这与生活保护不同，因可以在贷款人去世后回收，所以政府正在积极推进该制度。制度利用方也很积极，反正自己的房子早晚要处理，但等自己去世后处理，就能在已经住惯的家里一直住下去了。

因对双方都有益，政府等方面正在积极推进。只是，这一制度只适用于房产价值在数千万日元以上的。如果自己的房子已然陈旧，资产价值不高——即便鉴定为还能继续住——那就要利用生活保护制度，靠领取保护费生活了。

作为选项之一，川西先生也考虑过"逆向抵当"。但是，以"逆向抵当"借到的钱是以像"养老金"一样的形式按月汇入账户的，且一旦到期，就必须一次性还清。要是最终因长寿而达到了借款额度上限，房子就会被没收，就没地方住了。

"像我，应该不会长寿吧。长寿了存款也会见底，还是在此之前死了的好。"

川西先生吐露心声，希望在存款见底的5年内去世。他说，自己知道的那些选项，无论选哪一项都不想活下去了。让人想"要沿着这条路活下去"的那条路，并没有在川西先生的面前延伸。可即便如此，也必须走下去。

医疗负担导致"老后破产"的噩梦

为防止癌症复发，川西先生一直坚持去医院治疗，并服用药物，但"没有生命危险的症状"就忍着，不去医院了。其一，就是腰腿痛。

"只要腿脚好，就想多到外面去走走啊。可总是疼，只能就这样一整天都坐在电视机前了。"

过去，要么到周围散散步，要么跟近处的朋友们去外面吃饭，社交性外出的机会很多。但现在，因腰腿疼痛动不了了，慢慢地就没法到外面去了。

"3年前，不是因为前列腺癌住院了吗？住院后就一直躺在床上，力气小了，腰腿也不听使唤了。"

以前也听说过老人的腰腿因长期住院而日益羸弱，走不了路的事。但一般来说，通过康复训练等，身体机能会逐渐恢复，重新回到可以正常生活的程度。因此，川西先生也曾去矫形外科就诊，并接受了康复训练的指导，但却没去医院做。

一开始他想，应该会自然好转的，为了省钱就没去医院，可后来不但不见好转，反而恶化了。但他还是没去医院。因为他想，虽然疼得厉害，但并没有生命危险。

跟川西先生在一起就知道，他就那样一直坐在起居室里，动都不想动。吃饭或是去厕所的时候，会拖着腿移动一下，但其他时间，就坐在同一个地方看电视打发时间。

与其说是"不想动"，不如说是"动不了"。

"还是去医院看看吧。这样下去，可能会更坏啊。"

即使我们多方劝说，他对这事也不怎么热心，只是敷衍了事。

腰腿的康复训练是可以使用护理保险服务的，用以接受"护理训练服务·诊所护理"等，但因川西先生能够利用的护理保险已经达到上限，无法再接受服务了。即便能利用保险，自己也要负担一成，以致负担比现在更为沉重。

最终，为避免增加负担，除了忍着腰腿的疼痛也别无他法了。这样的决定并不鲜见。现在这个时代，很多老人嘴里"没有生命危险就不去医院"的话，说得就像理所当然一样了。

"这样的人太多了。一知道病情不严重，就再也不来了。"东京都内综合性医院的护士或医疗工作者如是说。

比如，就算是因为头疼、肚子疼等来医院，经检查知道不是脑血栓、癌症等所致，哪怕已经预约了再到医院做病情观察，也不来了。有的人，因担心其病情恶化，医院方面也会主动去联系，但就算联系上了，问他们不来医院的原因也会被搪塞。这样的情况很常见。说到底，大家不会轻易明言自己"没钱"啊。

"要是告诉我们说，经济方面比较困难，去不了医院，那还可以一起想想办法。可一声不响就再也不来了的老人，就是问他也会搪塞你说'已经不疼了'，要么就是'过几天就去'，等等，这就什么都不能为他们做了。"

医疗社会工作者向我们说明了应对的难度之后又告诉

我们，就实际感受而言，经济方面有困难的老人是越来越多了。

"住院的老年患者求我们，'已经没事了，哪怕提前一天也好，就让我出院吧'，这样的事也不少啊。"

一个人生活的老年患者出院以后回到家里，生活困难的人很多，而医疗社会工作者就要作为咨询员为他们提供个别咨询。像这样的老年患者，经济状况越严峻，越会说"那个针不需要打"，"早一天是一天，希望能早点出院"。护士和社会工作者告诉我们，有的患者为了省钱而不治疗，等病情恶化了才来，但要是"早点来治，就是一个人过，现在也能安心生活了，可……"，这样的案例并不少见。

随节约而来的"矛盾"

为了省钱，除癌症治疗外，对医院敬而远之的川西先生应该也不会想到，腰腿会坏到这种程度。要是自己能走路，也就没必要护理了，从结果来说，负担或许也会减轻。但医疗费的节约导致病情恶化，结果反而推高了护理及医疗费用。

强烈感受到这一"矛盾"，是在盛夏8月。

那天，我们到川西先生家采访，暴雨如注，雨点敲打着屋顶的铁皮板，嘭嘭嘭地在房间里回响。像往常一样，川西先生坐在起居室的榻榻米上看电视。电视画面上，高中棒球夏季甲子园大赛激战正酣。在阪神甲子园球场内热烈的声援中，评论员做着实况转播——"击中啦！"川西先生看着比赛，小声道："击中了？""啊……输了？"他自言自语地嘟哝道。

川西先生几乎已经离不开电视画面前那个固定的位置了，就连走路都非常痛苦。因为"节约"了治疗机会，他的病情也恶化了。无法摆脱这一恶性循环的川西先生的案例不得不让人想，如何才能在病情恶化前施以救助……

川西先生所在地政府介绍的另一个案例又让我们了解到，不想去医院的原因还不只是治疗费的问题。

山田宪吾先生（化名，年逾65岁）也是一个人生活，住在川西先生家附近，步行10分钟左右就到了。通过对山田先生的采访，我们留意到并不只是医疗费，老人家的各类负担都在加重。

山田先生告诉我们，退休前他曾是一名出租车司机，离婚后就在一所木制公寓独自生活了。山田先生身材高大，生得很魁梧，待人却意外地和蔼。跑着出租，还缴纳了社会养老金，所以月收入有12万日元左右。但他每月的房租要花去4万日元，就只能用剩下的8万日元来支付公共费用及生活费了。看来，山田先生也一样，只是活下去就很吃力了。

"按说，房租应该是4.5万日元，但以打扫共用楼梯为条件，让房东便宜了5 000日元。"

山田先生住的，是那种老式的木制公寓。门厅是共用的，在那里脱鞋上楼，各人的房间在楼上。他告诉我们，就是因为负责打扫走廊和楼梯，房租才便宜了一点。

"5 000日元，对我来说也是大钱嘛。"山田先生苦笑着说。走进山田先生的房间，先是一个3张榻榻米大小的厨房，再往里，是一个6张榻榻米大小的起居室，起居室是和室。房间内有洗手间，但没有洗澡间。

"公共澡堂也涨价了，花费不是小数。即使像我一样忍着两天去一次，每个月的花费也近6 000日元啊。"

起居室桌子上放着不少桶装方便面、点心面包等。

"吃这些倒不是因为喜欢。没钱的时候，一个面包就是一天啊。"

山田先生极力压缩伙食费。扣除房租后剩下的8万日元，再去掉公共费用和澡堂费等必要支出，手里就只剩3万日元了。

医疗费就从这3万日元里出。山田先生的心脏有老毛病，并且因腰腿有慢性关节痛还要去看矫形外科。这两个病，每月各去一次医院是必不可少的。山田先生还不到70岁，医疗费自费负担为"三成"，合到一起就近5 000日元。如果是75岁以上的老人，医疗费自费负担"一成"就可以了，但像山田先生这样65岁以上70岁不到的老人，就跟工作人口一样，要自费负担"三成"。

更为严重的是，他还患有视野、视力等视觉功能衰退的疑难病症。

这种病需要由专科医生检查，可找了相关诊所才知道，最近的诊所也在埼玉县的所泽市。

但是，他心脏、腰腿都不好，一个人坐电车、倒公交车地折腾又不放心。打的的话，往返要2万日元左右。只交通费就花2万日元，那立马就赤字了。因此，明知需要尽快接受专科医生的治疗，却又连医院都去不了，那就只能徒然蹉跎时间。

"能去看病我也很想去啊。可不太现实啊。以后到底该怎么办呢？"山田先生无力地嘟哝道。

视力再坏下去，一个人生活都会有困难。还是在此之前接受生活保护，去医院为上。乍看之下，像山田先生这样每月有12万日元养老金收入的人，是难以成为救助对象的。他自己也很难开口说"我想接受生活保护"。可实际上，能领到一定养老金的人，更会因不想接受生活保护致使病情加重，从而陷入"老后破产"。

换句话说，养老金金额极少等明显穷困的人更易与救济挂钩。因生活的严峻状况明显表面化，即便本人不说"帮帮我"，其穷困情状就是无声胜有声的"SOS"信号，并由此受到生活保护。这样的案例正在增多。

但像川西先生、山田先生这样，拥有一定程度养老金的人，即便因生病等正在一点一点地被逼入"老后破产"的状况，需要支援，但周围的人也难以觉察。或许，这才是在社会保障制度的缝隙中被忽略的问题。

有人指出，孤身生活的老人尤其需要"及早发现，及早帮扶"。在老年痴呆、病情等恶化之前施以援手，有助于避免孤独死等最坏情况的发生。如果能与福利服务保持"联系"，并以此为契机重建社区等的联系，那在此过程中，就算是一个人生活，或许也能精神百倍地活下去。像这种从外面"难以了解"，可谓"老后破产"预备军的老人，如何才能留意到，并施以援手呢？

我们所需要的，不是"既然不想求助，那就是他本人的责任，不用管"，而是由支援方主动觉察到的机制。或许，等我们成为老人时，这会成为保护我们自己的制度。

生病："老后破产"的入口

很多老年人异口同声的一句话是："只要身子骨还好，总会有办法的的。"

很多高龄老人都爱把这句话挂在嘴边。就算多少有些不便，就算不能随心所欲，但只要身体还能动就能生活下去。可一旦身体动不了了，"老后破产"就会立即到访。认识到这一点，缘于与一位女士的相遇。

当时，我们正在采访大田区的区域统筹支援中心。该区虽在东京都内，但仍保留着庶民区的氛围。走在站前的商店街中，一如往昔的肉店、蔬菜水果店及鱼店等一家挨着一家。一路走去，一派的庶民风情。到了支援中心，一位拥有护士资格证的职员接待了我们。

"这一带过去有很多小工厂，曾在那里工作过的职业技工很多，他们现在正独自生活的情况非常多。"

由于独居，老人家饮食偏颇，有慢性病却连有没有好好吃药都不知道的情形并不少见。在这种情况下，因生病而陷入"老后破产"的人正在增多。

介绍给我们的那位女士，就是治疗费因心脏病而推高，似乎已经陷入了"老后破产"的境地。这位职员说，她一个人生活已经有困难了，生活费又不宽裕，该如何继续帮扶，支援中心正在慎重地跟踪观察。"如果只是说说话，或许她会答应。"就这样，我们便提出了采访请求。

这位女士名叫渡边纪子（化名），年逾65岁。第一次去渡边女士家，是连日酷暑的去年（2014年）7月，一个久违的雨天。

沿着公寓的铁制楼梯一级一级爬到2楼，眼前第一扇门后的房间就是渡边女士的家了。

渡边女士在门厅前迎接我们，只小声说了句"请进"，便退入了屋内。我们跟着进了门厅，经过一条约2米长的走廊，再往前就是起居室了。

"袜子没湿吗？"当我们正准备进入起居室时，渡边女士有些严厉地询问我们。为什么问这个呢？正不知该如何回答时，她又问了一次："我说，袜子没湿吗？""是的，没湿。"听到答话，她才终于把我们让进了屋里。

进到屋里，才明白渡边女士问这话的意思。铺有榻榻米的房间（约有6张榻榻米大小）里铺着被子，周围全是橱柜和纸箱，能坐的地方就只有被子上面了。不用说，要是穿着湿袜子上去，那可就麻烦了。

"房间很窄吧？所以只能让你们坐这里了。我现在也没那个能力去收拾棉被了。"

渡边女士在被子上面朝我们坐下，歉意地说。从门厅到这里，只走了几步路，但她已经在"哈哈"地直喘粗气了。我们发现她鼻子里插着输氧管，顿时明白她有呼吸道方面的疾病。

"离了这个，我就活不了啦，即使安上了，我呼吸起来都困难啊。"约2年前，渡边女士因心力衰竭倒下了，从那以后，心脏的输血能力就弱下来了。"您看看这个。"她把两只手伸了出来，只见她两手指尖明显发黑。这是在诉说血流不畅的一对手掌。

她说，比起天气暖和的时候，寒冷的冬天时症状就更严重了。"为促进手部的血液循环，在家里的时候我总是揉。"说这话的时候她也是一边说一边揉手。

即便年过60岁，渡边女士还在宾馆作清扫员，因心力衰竭倒下后就退休了。退休以后才发现公司偷懒，并未为她缴纳养老金，但也毫无办法。对拿不到养老金，即"无养老金"的渡边女士来说，存款就是唯一的依靠。但生病的时候花费了一大笔治疗费，如今手里还剩300万日元左右。光每月的房租就要4万日元，再加上生活费、医疗费，一想到这些，就为存款见底日近而不安。

〈渡边女士收支明细〉
● 收入（月）
养老金＝0日元
● 支出（月）
房租、医疗费、生活费等＝70 000日元
结余　−70 000日元

"最发愁的，是打的去医院的费用。我不能不去医院，可又坐不了电车和公交车。"

只是稍微动一下，走一走就呼吸困难的渡边女士，不可能带着吸氧器坐电车、倒公交去医院。吸氧器可能有5公斤左右，装在外出用的行李箱里，很重。上车下车地搬来搬去，根本就是不可能的。

　　即便是打的去医院，光走下公寓楼梯这一过程也得拼了老命。她必须提着沉重的行李箱一级一级地走下来，才能坐上出租车。可万一要跌落下来，可能就不只是骨折那么简单了。而且，检查结束后，还得顺着楼梯爬上去，这对她的心脏来说也是一个沉重的负担。

　　打的往返大概需要4 000日元。渡边女士就靠手里剩下的300万日元生活，用她自己的话说，这笔打的费用"令人心痛到想哀嚎"。

　　她给我们看了一张都营住宅区的传单。为节省房租，她正在找房子搬家。但是，都营住宅区散布于都内各处，就算有空房，要是离医院比现在还远，那就不能搬了。要是私人租房，房间在底层，条件又感觉比较好的话，最便宜也得在5万日元以上。

　　"5万日元是不行的，现在4万日元都紧张嘛。看来，还是哪儿都去不了……"

　　搬到不需要爬楼梯的地方去住——渡边女士的这一愿望，似乎没有实现的可能了。

晚年的"居住"选项

　　因应度过晚年的不同方式，老人的居住环境也多样化起来了，比如由国家推动的"服务附加型老年人住宅"。这是老年人专用的出租房，像渡边女士一样一个人在家生活有困难的也可以放心入住。

只要支付费用，有人送饭，又有管理员24小时值班守护，所以申请入住的人正在不断增多。但与特殊养护老人院不同，服务附加型老年人住宅里面没有配备常驻的医生、护士及家政护理员等，也就不可能放心地接受医疗和护理。并且，特殊养护老人院的收费也依老人的收入而定，养老金收入不多的人也可以放心入住；但服务附加型老年人住宅却是民营的租赁住宅，医疗护理等需要越多，费用也越高。这类服务增多，费用就会上涨，因此，收入少的老人要住就困难了。

除这种住宅之外，收费老人院也如雨后春笋般冒出来。

这类收费老人院大都标榜"附加护理服务"，但往往主打的服务还是面向健康老人的。以拥有资产或高收入老年人为客户的设施内，泳池、露天浴池等附加性设施已是家常便饭，就连用餐也可以从西餐和日式料理中挑选。总之，服务是面向那些想趁身体还好享受一段舒适的晚年时光的人。虽因设施不同而有异，但有的地方，入住金就要数千万日元，此外，每月还要缴纳20万日元以上的使用费。要是自己有房子，也可以选择卖掉房子以后入住，但不管怎么说，没有现金、资产等，要入住就困难了。

现在，一个人生活，养老金收入又不够用的低收入老人正在增多，针对这一情势，国家也在增建特殊养护老人院，但增建速度却跟不上人数的增长速度，等待入住的人数一直维持在50万人以上。特别是在接收设施严重不足的城市里，政府虽在增设相对便宜的护理院（廉价老人院、护理住宅等），但那些地方也一样，申请者非常多，远超供给。

正因公共接收设施不足，民间的"服务附加型老年人住宅""收费老人院"等才不断增多，但说到底，这些选项都是没收入的人可望而不可即的。也就是说，面向低收入老人的住宅措施满足不了当前的现实需求。

没有养老金的渡边女士也一样，就现状而言，靠存款维持生活的话，在"居住"方面几乎没有选择的余地。

更严峻的是，即便在现在的公寓里住下去，或即便搬到便宜一些的都营住宅区，存款也终有一天会花光，从而陷入"老后破产"的状况。到那一天，就不得不接受生活保护，搬到社会福利机构调查员帮她介绍的地方去住了。由于生活保护的租金补贴有其上限，最终，渡边女士将失去决定"住处"的权利。

在孤身生活的老人家里，经常会看到一只黑色的口袋收音机。在渡边女士的房间里，墙上也挂着这样一只收音机。家里没有电视，收音机就是获取新闻及信息的唯一工具。父母双亡，与亲戚们的关系也全都断了，能称得上朋友的人也几乎没有，会到这个家里来的，基本就是偶尔到访的家政护理员了。那台收音机，是她了解社会的唯一窗口。

"本来就很少看电视，更喜欢收音机。你看，都到使用年限了。"

几十年前买的收音机最近出了故障，只能收听到一个短波频道了，可她却连换一台的钱都没有。

"你会想，不就是个口袋收音机嘛，买一台就行了。但现在日子很紧，我连这个能力都没有……"

甚至可以说，我们面对的现实，就是"晚年光景也看钱多钱少"……

如果有钱，不要说再买一台收音机，护理服务也能充分享受，还能挑地方住，还可以通过各种各样的此类服务保持与社会的"联系"。但要"没钱"，那就享受不了服务，信息滞后，并由此而导致孤立了。

能靠养老金生活的公营住宅不足

渡边女士一直在找身体有病也能放心生活的地方。她有心脏病，可现在住的地方却要豁出命去上上下下地爬楼梯，这太危险了。

"我想申请都营住宅区试一试。这一次，要去咨询会了。"

渡边女士给我们看的咨询会传单上写着：将在区民中心举办咨询会，请希望入住都营住宅区的人士前往参加。

几天后，咨询会当天。早晨9点过后，我们赶到了渡边女士的家里。

"要走着去。我走得慢，所以，请提前1个小时来吧。"前一天她这样叮嘱过我们。

区民中心在车站附近，从渡边女士家过去，普通人10

分钟左右就到了，但她得多花1倍的时间吧。那天，渡边女士化了妆，衣服也换上了外出时穿的，很时尚。

终于要出发时，她一脸紧张。因为先要拖着装有吸氧器的行李箱到门厅前，再下坡度很陡的楼梯。那天还一直在下小雨，楼梯也被打湿了。铁制楼梯很滑，健康的年轻人都可能一脚踏空。怕渡边女士万一跌落下去，采访人员就先下去，做好了随时都能接住的准备。

"请您下来吧。"

听到招呼，渡边女士把行李箱放下去一级，自己再下一级，慢慢地、小心地往下走。中途她必须停下脚步，深呼吸几次来调整呼吸。休息1分钟之后，她像下了决心一样，继续迈步往下走。终于来到地面上的渡边女士呼吸不匀，"哈——哈——"地直喘。尽管如此，她也没停下休息，而是拉着行李箱往前去了。

"身子骨好的时候，每天都在这附近买东西。可现在却是这样的状态。"

走了10分钟左右，渡边女士突然在步行道边的公交站牌前停下了。

原以为她要坐公交，事实不是如此。

她的呼吸比刚才还要困难，已如哮喘一般。渡边女士动不了了。

"您不要紧吧？"

她已经痛苦得回不了话了，只是无言地望向空中。

"对不起，给你们添麻烦了。"几分钟后，她才歉意地说道，接着又往前走。可能是离车站近了吧，人也慢慢多起来了。我们在商店街的人群里往前钻，终于看到了目的地——区民中心。

果然不出所料，花了2倍于平常的时间。但也按时赶到了，在咨询会开始前，还可以在长椅上好好休息一下。

咨询会一开始，便介绍了都营住宅区的入住条件及方法，渡边女士听得很认真，不时会做一下笔记。不，不只是渡边女士，所有人都听得很认真。

都营住宅区的房租视收入而定，要是养老金收入少的老年人，1万日元左右也能入住。房租便宜下来，相应地，就可以增加餐费等其他支出了，因此，希望入住的老年人正在激增。渡边女士也是其中之一，她想尽快搬到房租便宜的都营住宅去住。但都营住宅区还在征集住户，还需要等几个月。

离开会场时，或许是获得了一线希望吧，渡边女士的表情很平和。

以乌鸦为友的老人

在采访现场经常看到的一个事实是，被逼向"老后破产"的老人被孤立的情形也日益严重——经济方面比较困苦的老人，会同时陷入"社会联系的贫困"。而思考这一现象时，我总会想起一位老先生。

老先生80多岁，一个人在大田区的都营住宅区生活。

妻子先他离开人世，又没有孩子，就只能在护理人员的帮助下维持生活。虽然每个月有10万日元左右的养老金，但要交房租、生活费和医疗费等，生活也并不宽裕。

"就这样，连个说话的人都没有啊。所以，你们一来，我就打心眼儿里高兴。"

去采访的时候，他的迎接让我们感觉到，只是有客人来他就会开心得不得了。

我们聊得很是投入，眨眼间30分钟过去了。此时我们突然感觉到房间外面的气息有些异样。当我们感到窗户外的阳台上有什么东西的一瞬间，刺耳的声音便传了过来。

"咕咕——咕咕——"

"嘎——嘎——"

我们吓了一跳，走向阳台，但见阳台上的群鸟一齐展翅，扑棱棱飞向了空中。几只乌鸦没有飞走，占领了阳台。

"是我的朋友们啊。鸽子、家雀、乌鸦，等等，我总是跟它们说话。"

一看阳台，上面撒满了米粒。阳台的窗户总是半开着，好让鸟儿看到米粒。

"今天心情怎么样？"他笑着问乌鸦。看到乌鸦正在交尾，又问道："你们结婚了吗？"

他看起来很开心。

但是，可能这些鸟给邻居们添麻烦了，他们在阳台周围拉了网，防止这些鸟飞进去。离开阳台后，10分钟不到，鸽子们又回来了。鸟叫声大了起来。

"咕咕——咕咕——"

"嘎——嘎——"

平时走在街上，听到鸟叫我也从未在意过。但当这些鸟就在自己眼前，又是很多鸟一起叫，那音量就相当大了。

"不吵吗？"

他回答说："就喜欢它们吵。"

对一个人生活，也没人说话的老先生来说，乌鸦们就是唯一的朋友了。他说，从常人的角度来看，乌鸦很可能是个麻烦，但跟它们说话，可以打发自己的寂寞。因为把乌鸦们召集过来，他甚至会感到，自己被小区里的居民们疏远了。

但他本人并不在意。要是有朋友代替乌鸦来家里看他——或许，这是不可能的——有可能他就不再跟乌鸦说话了。采访中，他对每一个问题的回答都很耐心，也很细致，有时候也会跑题，自说自话起来。

面对着一直在开心、愉快地说话的他，似乎感觉，我们窥视到了陷入"孤立"后的恐怖……

"全力以赴到今天的结果……"

渡边女士没有结婚，在宾馆一干就是35年，直到几年前，年逾60还在那里上班。

"别看我现在这个样子，以前也有很多朋友的。我是有话直说那种性格，也跟上司干过架……"

渡边女士以前上班的地方，是都内一家小型商务宾馆，主要工作是清扫。因为人手少，也兼职处理前台及事务性工作。

"打扫房间，换床单。你们住宾馆时不是常常会在走廊里与某个大妈擦肩而过吗？我以前做的，就是那种工作。"

这种工作对体力是一个考验。夜班几个小时之后，早晨起来又上早班的事也不少。她说，这种时候就会在专供员工小睡的房间里休息几个小时，再接着上班。

总之，为了活下去，渡边女士竭尽了全力，不知不觉就错过了适婚年龄。有一天，她下定了决心，也做好了精神准备：只能一个人活下去了。工作中她绝不偷懒，一路狂奔，可结果却是心力衰竭发作，倒下了。

"说不定现在这病，也是那时候太拼命的恶果……"

不清楚是不是过劳所致，但因心力衰竭倒下之后，公司却强行把她解雇了。

"为公司尽心竭力到那个分儿上，可……竟然这么轻易地就被抛弃了。太不甘心了。"

大颗的泪珠从她的眼里涌出来，顺着脸颊不断地、不断地流了下去。

没有退休金，医疗费及其后的生活费就只能靠兢兢业业、一点点积攒的几百万日元存款了。并且，因公司没有为渡边女士办理养老金手续，渡边女士的养老金也没领到。35年，工作了35年的公司一直在骗她。

渡边女士刚工作不久的时候，曾向公司问过养老金的事。因为她心里不安，公司在交养老保险吗？将来能领到养老金吗？公司回答说："这方面公司做得很妥善，放心好了。"于是，渡边放下心来了。

现在，渡边女士手里还有300万日元左右的存款，因此她无法申请生活保护，必须时刻与存款在时间的流逝中见底的恐怖作战。但只要存款见底，她就能接受生活保护，也就能放心地接受医疗及护理了。换句话说，不接受生活保护，想靠自己的力量活下去并为此而努力的老人们，无法安度晚年。

如能在接受生活保护之前就向穷困的老人们施以援手，那么，很多很多人应该会因此而得救。如能看到一条路，能让这些人得到救济，那么"年老的恐怖""年老的罪恶感"，等等，或许就能得到些许的缓和。

不向社会呼救的独居老人

人到晚年，不是在养老设施而是在已经住惯的家里疗养，加强登门医疗、登门护理已然成为国家方针。因此，即便患有慢性病或身体不适等，在家里疗养的人越来越多。但另一方面，一个人生活会导致病情恶化也没人留意到，或即便留意到也因经济原因而不去医院，等酿成大病才被抬往医院，这样的事例正在接连发生。

伴随着尖锐的警笛声，装有红色警灯的救护车驶了进来。

昭和大学医院急救中心位于东京都品川区，24小时随时会有身患重病——如心跳呼吸停止——的急救患者送到这里。

我们在急救中心的候诊室里等着，不一会儿，中心主任三宅康史医生走了过来，步履匆匆，手里拿着一张报纸。进了洽谈室，他给我们看了那篇报道，报道的内容是因中暑而晕倒的老人正在急剧增加。他告诉我们，对老年人而言中暑到底有多恐怖。

时值8月盛夏，连日酷暑，因中暑而送医的老人络绎不绝。关于中暑的话题告一段落后，我们提出想就"老后破产"进行采访。三宅医生听了，立刻点了点头。

"这个问题，事态也是越来越严重啊。"

他说，送到急救中心的老年患者中，"在症状变得严重之前都不肯就医"的人不在少数。很多老人靠养老金生活，因此有越来越多的人送到医院来的时候已经严重到不知该如何施救。他说，最坏的情况是，还没采取急救措施就已经去世了。

如果更早地接受治疗，有些病患的病情恶化是有可能阻止的，可见，"老后破产"的事态已经非常严重了。

他还告诉我们，就算保住了一条命，交不起治疗费或住院费的老人也在增多，因此，医院不得不增加了一些此前没有的业务，比如院方的社会工作者与政府携手，帮助病患办理生活保护手续等。

而最难处理的，就是"姓名不详"的患者。因病情突然发作倒下，在昏迷状态下被送进来，要是一个人生活又没带身份证，就无法对其本人进行确认了。越是进入"老后破产"的前夜，为金钱所困的人，越会因忍着不治疗，也不利用护理服务而失去所有的"社会联系"。要是不知道名字，就无法确认其有无家属、资产，也就是说，无法申请生活保护。

在急救现场，已被严重逼入"老后破产"的患者也在激增——到底正在发生什么？我们决定进行实地采访。

早9点，昭和大学医院急救中心召集工作人员开会。

墙上挂着大屏幕，若是紧急送至急救中心的重病住院患者，所有人的心电图都会显示在大屏幕上，为的是一有情况马上就能知道。旁边的屏幕上显示的则是每一位患者的身体情况、所采取的治疗方案及用药剂量等。医生、护士、药剂师等正在就今后的治疗方针交流讨论。

"剂量减少一点吧。"

"再追加某某治疗试试吧。"

救护车送来的重病患者，要在急救中心接受几天到几周的治疗，等病情稳定了再转送到普通医院，顺利康复之后就能出院回家了。

"去现场看看吗？"

会议结束后，中心主任三宅医生带我们去了治疗室。里面放着像手术台一样的两张床，患者可以直接从救护车上送到这里。

"救护车的担架车就是推到这里，先在这里采取急救措施。"

之后再送到下一个房间，入口处有一扇自动门。这是大规模急救治疗的专用房间，里面有10多张病床，收容的全是让人的眼睛看了就一时离不开的患者。其中老年人居多，不少人都戴着人工呼吸器。三宅医生在一位老年男性患者面前停了下来。

"这位先生家在东北，跟朋友到东京玩的时候晕倒了。因为朋友在身边，马上送了急救，这才得救了。也多亏如此，身份也很清楚。"

那位男性看起来70岁左右。一个人生活。因为每个月的养老金不到10万日元，治疗费让他很不安。据说，因几乎所有的亲属都已疏远，万一有什么事，担保人就是那位朋友了。

"这样的例子，现在并不鲜见。说实话，我们也遇到过救了患者一命，却没有人肯来把患者领走的情形……"

说到这里，三宅医生稍微停顿了一下，似乎是在选择措辞，停了一会儿又开口道："就算把命救下来，可这对患者本人真的是一件好事吗？这个问题常常让我们感到苦恼。"

在急救现场，任何情况下都以救命为先，因此医疗团队总是竭尽全力地抢救眼前的患者。

但有时候，看着因治疗而保住了性命的患者也会心生迷惑。身为一名医生，同时也身为一个人，他不知道"让这个人活下来，对他（她）来说到底是幸还是不幸"。

要是有家人、朋友，一起商量一下今后的治疗方针，延长其生命也是选项之一。而只要能救过来，患者和其家属也会为还活着而高兴吧。但是，既没有家人也没有朋友，甚至没有人来接——就算命救下来了，却连回去的地方都没有——看着这样的患者处于昏迷之中，靠呼吸器好不容易维系着一线生命……有时候，真不知道救他（她）是好还是坏。

"要是有钱人，还能与身份保证人的代理公司签合同。不，有钱人的家属本来也好找吧。"三宅医生有些凄凉地说。要是有财产，多数情况下，有继承权的亲属会自报姓名。

"老后破产"前夕处于饿死状态的患者

在急救中心实地采访的时候，有一天，我们看到了令人吃惊的一幕。接听热线电话的医生神情非常紧张。

"一位70来岁的老先生马上就送过来了。身体情况具体还不太清楚，但好像相当衰弱。"

几名医生、护士跑进了治疗室，忙着准备迎接这位患者。不一会儿，就传来了救护车"呜——呜——呜——"的警笛声。医生们把治疗室门打开，开得很大，以备担架车可以畅通无阻地推进来。接着，救护车后门打开了，担架车推了进来。

车上横卧着一位老年男性患者，精瘦，简直就像是只剩皮包骨了一般。皮肤的颜色也已变为茶色。医生们先对皮肤进行了分区清洗，又打了点滴等。

"恐怕，也很长时间没洗澡了。治疗的时候，要是病菌侵入体内，那就危险了，所以给他清洗了身体。"治疗结束回到休息室后，主治医师告诉我们。

关于病因，虽说要等详细检查以后才能知道，但看来有营养失调的症状。运送患者的急救队队员报告说，患者家里就像垃圾场一样。据说房间里充斥着一股恶臭。事后，我们了解到了一些较为详细的情况。

老先生并非独居，而是与姐姐和弟弟一起生活。姐姐和弟弟住在1楼，这位老先生住在2楼。听说，他们平时互不干涉彼此的生活。老先生的房间成了垃圾场，也不洗澡，楼下的姐弟仍放任不管。那天，老先生虚弱到了极点，姐姐才终于感觉到异样并紧急联系急救。

不只是这位男性患者，现在，即便是家人一起生活，连话都不说的"实质性独居"老人也在增多。这种老人即使生病也没人管。

更为严重的情况是，同居的家人甚至会对生病的患者施暴，或者故意不给饭吃，等等，类似的虐待现象也越来越多。有家人在身边就可以放心了，这种先入为主的观念容易造成对当事人的忽视，有时候，因家人拒绝他人介入，解决起来反而更为困难。正因经济不宽裕，兄弟姐妹才凑到一起生活的……或许，"老后破产"连家族亲情都会破坏殆尽。

三宅医生呼吁，希望人们不要忍成大病，而是要及时求助。

"只靠养老金生活的老人，因为生活不宽裕，不想去医院或去不起的越来越多了。但作为医院，也会提供各种帮助，比如像申请生活保护等，所以，不管有什么情况，唯独生病，还希望大家都要来医院看。希望我们生活在其中的，是个不会让老人放弃求生意志的社会。"

正因为长年在现场目睹被逼入"老后破产"的老人

对医疗选择了敬而远之这一现实，医生才会发自内心地呐喊。

由医院到养老院的"漂流"

病情严重之前都不想去医院，直到被抬上救护车，在最后的生死关头挽回了生命——武田敏男先生（化名，70多岁）也是被逼入"老后破产"，亲身经历了这一过程的一位男性。

救护车将武田先生送到了横滨市住宅区内的汐田综合医院。该地区靠养老金生活的老人很多，医院里的老年患者也占了一半。医院设有老人保健所，与医院为同一系统，治疗结束后，可一边做康复训练一边疗养。武田先生也是保健所的利用者之一。

对汐田医院的采访，缘于与全日本民主医疗机构联合会（民医联）的一次联系。该机构正在面向低收入者开展"免费小额诊治"，我们希望了解一下该项目的有关情况。民医联在全国拥有医院等部门近180处，各县都有几处，分头实施免费小额诊治。

如前所述，免费小额诊治面向老年人等低收入人群，由医疗机构免费（或根据收入进行小额收费）诊治，目前已得到立法保障。因想对这一项目进行采访，最后介绍给我们的，就是汐田综合医院。据医院的医疗工作者介绍，为钱所困的患者在不断增加，经常有患者前来咨询，表示交不起手术费、住院费等费用。

〈武田先生收支明细〉

• 收入（月）

养老金 = 120 000 日元

• 支出（月）

房租 = 35 000 日元

水电煤气费、公共费用 = 10 000 日元

医疗费 = 15 000 日元

税金、保险 = 5 000 日元

伙食费等生活费 = 55 000 日元

※ 不包括住院费等临时性支出

结余　0 日元

"就是现在，有的老人也会为出院后无处可去而苦恼。"

我们被带到了与医院并设的老人保健所，在那里遇到了武田先生。他坐在食堂的椅子上看电视。走到他身边时，设施负责人向我们介绍说："这是武田敏男先生。"

"能跟您聊聊吗？"

他没说话，只是点了点头，并把手伸向旁边的步行器，站了起来。没有步行器武田先生走不了路，其护理等级鉴定为4级。

"应该是近半年前吧。武田先生送到医院后就直接住院了。出院以后搬到了这个部门，正处于体力恢复阶段。"

陪我们来的保健所负责人告诉我们，武田先生疾病缠身，有高血压、糖尿病等。去年1年内，住院、出院反反复

复多达5次。好不容易能住院接受治疗，可一出院，因一个人生活健康方面不注意，很快病情又恶化了。负责人说，原因在于武田先生靠养老金生活，经济上不宽裕。

武田先生曾是一名公司职员，所以可以领社会养老金，每月有12万日元左右。但交房租就去掉了3.5万日元，手里只剩9万日元不到。因患有糖尿病等慢性病，医疗费很高，每月要花1.5万日元左右。要再支付住院费等，那连买吃的都要发愁了，据说，有时候只能靠喝水果腹。这次送来的时候骨瘦如柴，衰弱到连说话都有气无力。

"就算头很疼，可没钱啊，去不了医院。吃的不买不行，水电煤气费不交不行。所以头疼也只能忍着啦。"

武田先生貌似很愧疚地小声说。对武田先生来说，一个人生活不放心的，是像做饭这种伙食方面的准备。护理4级，应该是能用护理保险的，但武田先生却用不了。护理保险的利用者本人也必须缴纳保险费，每月4 000到5 000日元左右（低收入者有减负措施）。但有一段时间，武田先生的生活比较艰难，就没交保险费，拖欠了。如此一来，本来负担"一成"就可以的护理服务，但根据罚则，现在要负担"三成"。武田先生根本支付不起，保险也就用不了了。

金钱方面越困难的人，就越会拖欠护理保险的保险费，结果就是护理保险用不了，导致健康状况进一步恶化。陷入这种恶性循环的老人不在少数。

"说起来丢人，我连护理保险费都交不起啊。"

武田先生颓丧地把头低了下去。患有糖尿病、高血压，心脏也不太好的武田先生，身体情况不太好，吃饭就是方便面、点心面包。最后，连这样的食物都买不起，最终被送上了救护车。

即便在生活富足的当代，也会在新闻里听到有人饿死的悲惨消息。当初，武田先生也不是没有这种可能，一想到这里就不由后怕，他的得救，委实是一种侥幸。但这并非在新闻中听到、看到的与己无关的事情。武田先生是一位非常普通的上班族，直到今天，他的人生一直都非常普通，非常正常，但现在却正被逼向"老后破产"。

武田先生是北海道人，高中毕业后，只有几年时间在自卫队服役，之后就一直在一家大型面包公司上班。现在的养老金，就是因为在自卫队服役与在面包公司上班才领到的。在面包公司上班时是在工厂的生产线上工作，所以，就是今天，武田先生最喜欢的也是面包。住进了老年人保健所，就不能去买面包了，这让他心里空落落的。我们试着问，武田先生想吃什么面包呢？

"豆沙面包。"

没人会给他带，因为没人来看望武田先生。

被送上救护车之前，武田先生在横滨市内的公寓里一个人生活。早年与妻子离婚后就跟妻子、孩子没有任何联系，退休后他也没有亲密交往的朋友，一直一个人生活到现在。

"想吃豆沙面包。"武田先生抬眼看着我们说，就是便利店里卖的100日元左右的豆沙面包就行。

"帮我买个豆沙面包吧。"知道武田先生连可以这样拜托的人都没有，一种孤寂在我们心头涌了上来。

几天后，我们在便利店先买了豆沙面包再去老年人保健所，把装着豆沙面包的袋子递给在中央餐厅里看电视的武田先生。

"谢谢！"

这是我们第一次看到武田先生的笑容。"我会宝贝着吃，一会儿到房间里好好享用。"他高兴地拎着袋子说，珍惜着不肯马上打开袋子。

武田先生的真正想法，是希望离开保健所，回自己家——位于横滨市内，月租 3.5 万日元的公寓。但医生及老年人保健所的负责人认为，他回家存在困难，而困难之一，就是武田先生已经出现了老年痴呆的初期症状。

在金钱管理上武田先生会有困难，会慢慢失去计划性使用养老金的能力。但是，康复训练结束后，武田先生又不得不离开老年人保健所。毕竟，这里不能长期居留。由于不能返家，又不得不离开保健所，武田先生必须找到其他的去处，但却很难找到。

问题出在费用上。据说，就是找民营的收费老人院，马上能空出来的每月也需要 15 万日元左右。武田先生的养老金收入只有 12 万日元，这笔钱他负担不起。

"或许，只能申请生活保护，以填补不够的部分了。"

所以，保健所负责人开始为他找月额 12 万日元再加几万日元生活保护费可以入住的地方。

对独居老人养老金收入的分析结果显示，有 300 万人，即近半数老人的月收入在 10 万日元以下。武田先生每月领取 12 万日元，要高于平均值。当然，就算只有很少的养老金收入，有的人或许还有充足的积蓄。但也不由会让人想，从结果来看，只靠养老金收入就能入住的设施不足，才导致更多高龄者必须接受生活保护。

在保健所职员多次与地方行政机关交涉之下，地方行政机关终于开始为武田先生办理生活保护手续。两个月后，老年人保健所的负责人联系了我们。

"武田先生的生活保护批准了，很顺利，新的收费老人院也确定下来了。他本人也很高兴，感觉日子过得挺舒适。"

为给像武田先生一样为住处发愁的老人们寻找栖身之所，汐田综合医院、老年人保健所的负责人至今都在东奔西走。武田先生说："到了晚年会为住哪里发愁，这种事情从来没有想到过。"可现在，却是一旦因生病、受伤等陷入"老后破产"，就不得不寻找明天的落脚之处的"漂流"时代……

第四章
农村里不易觉察的"老后破产"

"穷人？去死吧！就是这么回事。"

"富裕的乡下生活"是真的吗?

　　人们往往误以为"老后破产"的现象只在城市里的孤身老人中蔓延。但有数据显示,在农村,独居老人的数量也像城市里一样在不断增长。不只如此,农村的人均养老金收入还远低于城市,据此推测,"老后破产"的问题在农村也同样深刻。尽管如此,农村的"老后破产"却很难察觉,因为一般认为,农村在大自然的环抱之中,就算是没钱也能自给自足,吃喝不愁。

　　但是,在农业经营日趋严峻的形势下,即便在农村,"老后破产"的现实也同样在悄悄蔓延。

　　"全国生活与健康保护会联合会"是为生活贫困的人们提供支援的组织,前去采访的时候,该会向我们详尽讲述了在农村地区已经相当严重的"老后破产"的实际情况。

　　"跟东京不一样,现在,只靠农业,农户是吃不饱的。不再务农以后,只靠养老金又生活不下去,所有人都很辛苦。"

米价、菜价让廉价的外国货越拉越低，农耕机械的燃油、肥料等反而在不断涨价，导致农民干得越多赔得越多。

"请你们实地去看看吧。"

就这样，2014年夏天的7月末，我们去了秋田县内陆地区的农村。一眼望去，车窗外全是绿油油的水田，远处是连绵的深绿色群山。这样的田园风光美得夺目。

"夏天确实不错，冬天就惨了。这一带，积雪能到3至5米。"给我们带路的负责人说。秋田县内陆地区是大雪地带，一到冬天，酷寒无比，光火炉等燃料费，每月花掉3万至4万日元很平常；有的独居老人得委托除雪公司或朋友来清扫屋顶上的积雪，一次也要花几万日元。这片大雪地带，农户多数种植水稻，推出的"秋田小町"品种米在日本相当知名。

看着美不胜收的农田甚至都无法相信，"老后破产"竟会在这如画的风景中蔓延。但现实，却是残酷的。

蔓延至农村的"老后破产"

至今仍在务农的吉田胜先生（化名）已年逾80，一个人住在一栋2楼的独院里。屋宇雄伟，院落气派，但吉田先生说："这个家只是用来过冬的。"

他告诉我们，农闲的时候他才到山脚下来，开春后他就搬到山上的房子里，在田边生活。在山顶附近，有一片爷爷那一辈开垦的农田。到了夏天，他就在那里种萝卜、草莓等。

"这些农产品的价钱一直在跌，再加上肥料等支出，一直都在赔钱啊。"

吉田先生说，明知道会赔也会种下去，因为他喜欢种地。于是就一边以养老金填补赤字一边种地。

吉田先生每个月的养老金收入有 6 万日元多一点，他就用这笔钱一边填补务农赤字一边生活。因为心脏有老毛病，周围的人们都替他担心，劝他去领生活保护，不要再种地了。可吉田先生却认为，从十几岁一直种到现在，种地就是他活着的意义，根本停不下来。

"现在，没有人可以依靠。老伴儿在护理院里。"

孩子长大以后，吉田先生一直跟妻子两个人互相扶持着生活。但几年前，妻子的身体突然垮了，痴呆症也恶化了。吉田先生判断他无法一个人在家照顾老伴儿，就让她住进了特殊护理养老院。

为跟老伴儿见面，吉田先生每周都去看她一次。但从经济上来说，生活就艰难了。老伴儿的国民养老金只够交养老院的费用，医疗费如果再增加，吉田先生就只能用自己的农业收入及养老金来支付了，负担很重。

"一路互相陪伴着走到今天的老伴儿，虽然经济上很吃力，可不为她想点办法，那她就太可怜了。"

为了住在养老院里的老伴儿，吉田先生削减了自己的伙食费。虽然明白他为老伴儿着想的心情，可又担心照这样下去，吉田先生会先倒下去。

几天后，吉田先生开车带我们去了山顶上的农田参观。

由主干道拐入山路后，道路非常狭窄，才容得下一辆车通行。我们就这样忽左忽右地在山区道路上蜿蜒行驶。在前方的树木中，依稀可见已成废墟的建筑。那里原是村落所在地，现在已经废弃了。

"那栋建筑过去是旅馆。"

在秋田县内陆远离人烟的山中，有几处被称为"秘汤"的温泉，泡沫经济的时候，从城里来的客人络绎不绝。但如今，这类温泉旅馆已经化为废墟，朽坏到骨架外露，像鬼屋一样了。接近山顶时，视野突然开阔起来，一片农田铺展在眼前。

"这块田里种着萝卜、草莓。"

大片的农田周围散落着一些人家。像吉田先生一样，这个小村落里的人只在夏季耕作期间才到山顶的屋子里来住。他有些落寞地告诉我们，曾有几十户的村落如今只剩下5家了。战后不久，老人们开山垦荒，开出了大片的农田。他们大多数是从伪满洲撤回来，或是从战场上回来却没有住处的农家的次子、三子们。

在吃不饱的年代，祖先们就这样辛辛苦苦开垦出这片农田。

巡视完农田，吉田先生带我们去了山上的家里。小楼有上下两层，从门厅进去，正面就是起居室，旁边紧挨着的是客房。客房里供着佛龛，楣窗里挂着祖父、曾祖父的照片。土地和房子就这样祖祖辈辈传承下来的吧。但吉田先生说，到他就是最后一代了。孩子长大后选择了其他的路，因为务农只会赔钱。

"我还能干到什么时候呢……"吉田先生隔着窗户看着外面的农田低声道。这块地，要是没有耕种的人，眨眼之间就会荒芜吧。在农村，老龄化越来越严重，多数农户都濒临"老后破产"，田园风光正在消失的现象，正在全国各地蔓延……

侥幸活着的自给自足的晚年生活

"秋田县生活与健康保护会"负责人说，有一位女性过得更清苦，并带我们去了她家。据说，她吃饭几乎不花钱，生活近于自给自足。

她之所以入会，是因为交不起房子的固定资产税了，想请教会员"减免申请"的办理办法。

秋田县内陆地区的平原地带，大片的农田在眼前铺展开来。与吉田先生耕作的山区不同，在平原上，大片的农田风景中，住宅等建筑也点缀其间。但该地区也一样，弃耕的年轻人流往县外，儿童数量急剧减少。

"你们看，那所小学也废校了，现在已经没在使用。秋田县只剩下老人了。"保护会负责人一边开车一边说。

"这就是她家了。"

车停在临河的一幢木制住宅前，木头部分已呈黑色，看起来已经到使用年限了。

为了防范大雪，玄关采用了双层设计，打开木质的拉门后，还有一道镶着玻璃的拉门。拉开再进去，才是脱鞋子的地方。

"等你们很久了。"

说着话从里面出来的，是围着围裙的北见成子老人（化名）。北见女士的秋田口音很重，保护会的负责人不翻译我们都听不懂。

"她说……经济状况真的很拮据，身边靠养老金生活的老人都这么说。请你们听一听我们的呼声。"

交谈就在翻译中继续。北见女士务农时缴纳过养老保险，现在国民养老金是她唯一的收入，但并没有达到全额的6万多日元。令人吃惊的是，据说，她每月只靠2.5万日元的养老金度日。

怎么回事呢？按保险规定，在生活吃紧的时期，只要提交收入证明就可以免交养老保险，但依据免交时期的长短，将来能领到的养老金也会相应减少。过去，因北见女士的农业收入出现赤字，养老保险有一段时间没交，所以现在只能领到2.5万日元了。雪上加霜的是，因几乎没有存款，她只能过着自给自足的野外求生生活。

"每个月只买两次东西，一次可能连2 000日元都花不到。"

伙食费等购买生活必需品的钱每周1 000日元。1个月只能花4 000日元。其他还有水电煤气费、保险费等要交，她的生活已经相当拮据。

北见女士的"老后破产"与50多岁时务农环境的变化有关。夫妻两人一直靠种水稻维持着农家生活，但从约20年前起，随着贸易自由化的推进，米价大幅下跌，从那以后，生活就越来越艰难了。还在那之前，为弥补农业收入的不足，每年冬季农闲时，老公就要到关东地区的建筑工地等处打工挣钱。

生了两个孩子是喜事，但为把孩子养大成人，夫妻俩一直在吃苦受累。等孩子长大了，外出打工的老公却因心肌梗塞倒了下来，被紧急送往关东的医院。病情稳定以后，老公转回老家的医院，接着住院一个月左右。这些住院费用让家计更难支撑了，老公于是坚持着出了院。可出了院又接着住院，就这样出来进去地反反复复了近10年时间。其间，她靠在家做副业支撑家计，但生活费还是不够，仅有的一点存款也终于见底了。

16年前，老公去世，她此后的生活就更艰难了。

老公本来就不多的养老金也领不到了，她就只靠自己那一份2.5万日元过着继续务农的日子。每当出现赤字，她就卖掉一块田，就这样规模越来越小，收益也越来越少，只有赤字在不断地增加。继续种下去就意味着破产了。

无奈之下，北见女士把农田租给了搞大规模水稻栽培的农家，租金以水稻实物充抵，这才好歹把田给保住了。说是租田，但面积很小，能拿到的稻租也只够自己吃，其他生活费就只能靠养老金来维持了。

一天天勉强度日的北见女士能靠的，就是分开生活的两个孩子，但也只是精神上的支撑，经济上依靠不了他们。因为她知道，分开过的孩子们，日子也不宽裕。

"有孙子了嘛，孩子们也很累。所以，只能自己照顾自己了。"

靠2.5万日元生活，其艰难是超出想象的。

〈北见女士收支明细〉

● 收入（月）

国民养老金 = 25 000日元

● 支出（月）

伙食费等生活费 = 4 000日元

医疗费（含交通费）= 10 000日元

水电煤气费、公共支出 = 11 000日元

结余　0日元

　　傍晚凉快了，北见女士就会去田里。下午5点过后，夕阳西斜，在这8月的酷暑时节，即使是相对凉爽的东北地区，吹来的风也有点热。从家里后门出来，眼前就是北见女士的农田了。虽是交给别人种了，但早晚各一次，北见女士一定会来到此处看看。

　　水分情况、结穗的样子、调整水量等，在自己力所能及的范围内，能搭把手她就搭把手。

　　留在手里的最后一块田，也是先夫祖祖辈辈传下来的。自从嫁过来，北见女士种植水稻已经有50多年，从中滋生出的眷恋，再加世代相传的土地里寄托着对先辈的思慕和怀念，这些都让她每天到田边站一站。这一天也一样，捡一捡堵在水渠里的枯叶，仔仔细细查看水面下降的情况。

　　北见女士个子矮小，140厘米左右，一蜷下身去，周围人都看不到她，要是倒在了田里，恐怕来救的人都没有。对她来说，农田作业中可能孕育着失去性命的危险。她因

此决定，只在早晨和傍晚两次去田里看看。

盛夏时节，医生也阻止她在炎热的白天到外面作业。北见女士有心脏病，不知道什么时候就会发作，不能长时间在烈日下作业。以前，她就曾因过度劳作导致心绞痛发作倒下被送到了医院。即便是现在，她也一直在吃药，并在接受跟踪检查。

一直在帮助北见女士的保护会工作人员也多次劝阻她不要再做农活了。依北见女士的养老金收入水平是可以申请生活保护的，只要把农田等财产处理掉，接受生活保护，以后的日子就轻松了。但北见女士却坚决不点头。

"把农田、财产都处理了，接受生活保护，或许也是个办法，可祖祖辈辈的农田撒手不要了，就愧对先祖和亲人们了。这种事是做不得的。"

接受生活保护，对很多人来说是一种类似罪恶感的精神重负。这样的倾向，地方农村比城市更为强烈吧。正因村子里全是打小都认识的人，不仅面子上不好看，怕是连家人都会遭到侧目和非难，"那人的家人在干什么呢，为何对家人置之不理？"对于生活保护，北见女士似乎也怀有强烈的抗拒心理。

"在意周围眼光"是农村特有的情形。北见女士的起居室墙上挂有5本挂历。起居室墙上，这5本种类不同的挂历一字排开。只是用来确认日期的话，一本就足够了。之所以在同一个房间里挂5本挂历，是有原因的。

"不挂就对不起送挂历的人了。"

挂历下面，印着制作、分发挂历的企业名字，"某某汽车销售公司""某某酒厂"等。为不让送的人心生不快，产生"特意送给你挂历，你却没挂"的想法，便所有的挂历一律平等，全挂到起居室的墙上了。

"不是会有人来玩嘛，要是注意到没挂，怪怪的流言蜚语传开了，那就困扰了。所以，在乡下，同时挂几本月历是很平常的。"

周围所有人都认识会带来一种安心感，但另一方面，正因周围人都认识，类似"不体面的样子不想让人看到"啦、"不给亲属丢脸"啦，这些想法就更为强烈。

这种事，有时候也会让人们对福利制度敬而远之，北见女士也是其中之一。

采到什么吃什么

"一会儿去采蜂斗菜，还有最后一茬儿吧。"某天采访人员拜访她时，她这样说道。一周的伙食费是1 000日元，买完鸡蛋、牛奶等就没了。其他的食材，全靠到山上去采，比如野菜、蘑菇等，这是大自然环抱之中的地方农村特有的生存术。

她去的地方是堤旁流淌的小河。仔细看，就能在河堤斜面的杂草中看到自生自长的蜂斗菜。北见女士就在河堤的斜面上，一棵一棵，动作很快地从根部采了起来。这些蜂斗菜大约50厘米高。

"买菜可是要花钱的，这就不如去采不花钱的。"

她不停手地采了30分钟后，终于说："差不多该回去了。"今天的收获颇丰，两只手几乎都抱不过来了。北见女士把菜一把一把捆起来，装进背来的背包里，"嗨"的一声，又背起背包。

步行返家后，她把蜂斗菜摆到门厅前晾了起来。接下来，就开始准备午饭了。她从冰箱里拿出几个很小的茄子开始洗了起来。

"茄子是自己田里种的。这是蕨菜，也是在外面采来的。"

早春时采的蕨菜做成了腌菜。煤气灶上，热着早晨做好的猪肉酱菜汤。

"汤里的菜也全是院子里种的。只有这猪肉，再怎么着也得买。"

菜做好以后摆到了饭桌上，其中有一道菜是炖小鱼，小鱼有15厘米左右长。她说，鱼也是在田间的水渠里看到以后用网捞的。

"一起吃吧，很香的。"

让勉强度日的北见女士招待虽有些歉意，但又不想拂了她热情待客的好意，于是大家就坐下来用餐。菜很新鲜，很甜，也很嫩。鱼的味道也很清新，很适合作夏季午餐。

"吃饭的时候，我通常都会看NHK的午间新闻。"

说罢她起身，把电视的电源插上。为了省电，不用的时候电视机的电源都是拔掉的，其他电器的节电措施也都很彻底。

"也不知道一个月能省几日元，但不用的时候也插着很浪费啊。"

吃完饭，她又站起来把电视电源拔掉了。

我们无意间发现，起居室的房柱上贴着一张褪色的《魔法使莎莉》的贴纸——经济正处于高速增长中的1970年代，这部动画片在少女们中间流行一时。起居室里洋溢着少女们欢快的笑声的时代，农业经营也同样看好。那时候，应该没人会想到自己会被逼入"老后破产"的境地。日本社会的变化就是如此剧烈。

心脏内的"炸弹"与医疗负担

对于每月只靠2.5万日元生活的北见女士来说，最大的负担就是医疗费。这笔费用攸关性命，又不能节省。

她从起居室的架子上拿出了一只袋子，里面装的是有关心脏病和高血压的药。"医生说，心脏特别难受了，就把这个放在舌头下面舔一舔，能舒缓症状。"她一边说着一边拿出"硝化甘油"给我们看。"硝化甘油"是心脏病患者的常备药物。因必须密切跟踪观察病情，去医院治疗也必不可少。但附近没有综合性医院，光是去一趟大医院就很折腾。而且附近也没有医院能看心脏病，北见女士每两个月要坐电车去离得很远的综合性医院就诊。

去医院那天，北见女士起得比平时要早，7点30分就从家里出发了。她背起背包，锁好门，就出发了。"累人的一天"开始了。

从家到车站大概要走20分钟。虽说8月正值盛夏，但这个时间空气还算凉爽，阳光也很柔和。北见女士腰腿好，快步向车站走去。

"以前能走得更快,现在到底是吃力了,有时候心脏会跳个不停。"

抵达车站时,离电车发车还有10多分钟。可能是因为这班车班次少,为不误点北见女士才提前赶到吧。买好票,北见女士爬上楼梯,前往对面的站台。北见女士步履沉重地拾级而上,脸上浮现出刚才走路时没有的痛苦神情。爬到一半左右时,她停下来,"呼"地长出了一口气。走下对面的楼梯,不一会儿,电车就进站了。车厢内稀稀落落地坐着几个去学校的高中生,北见女士找到空位坐了下来。

电车向前驶去,从车窗里能看到铺展开来的大片水田,以及远处的群山。北见女士一声不响地望着窗外的风景。

阳光洒在她晒得黝黑的脸上,上面是岁月刻下的一道道深深的皱纹,放在膝盖上的两只手也被晒得黝黑,失去了光泽。这么多年,那张脸,那双手,也是一直陪着她去农田的啊。15分钟左右,我们抵达目的地。北见女士说了声"好嘞!"给自己鼓劲,然后站了起来。

下了电车,接下来要倒公交车。不一会儿,去医院的公交车就来了。

"电车、公交的路费,也是大开支啊。"

交通费单程600日元,往返就要超过1 000日元。虽说两个月才去一次医院,但加上医疗费,对每月靠2.5万日元养老金生活的她来说,交通费仍是很大的负担。

各地政府的规定虽有不同,但有的地方老年人可以免费搭乘大众运输车。在东京都内,都营公交等会发放"老年人免费乘车证"，可以免费坐公交。但在地方，公交运营连年亏损，线路停运的情况接连发生，更勿论面向老年人的免费制度了。经济宽裕的老年人当然可以打的，但对靠养老金节俭度日的老人家来说，出门就更加困难了。

公交车在15分钟后抵达医院前的公交站。等电车加上等公交的时间，单程花了约一个半小时。我们赶到医院时已经近9点了。挂号后，北见女士在候诊室的椅子上坐了下来。候诊室里患者不多，有的人在椅子上睡着了。

"我这算晚的，早的人六七点钟就来挂号了。"

因为当地只有一家综合性医院，患者很多，有时要等几个小时。

"长的时候，得等到中午。"

9点钟医生开始看诊。大约过了10分钟就叫到了北见女士的名字，要尿检和采血。

"接下来时间就长了。"说完，她去了采血室。尿检和采血结束后北见女士就在候诊室里等着，却迟迟不见喊她名字。不知什么时候起，大厅里人满为患，连个座位都找不到，几乎全都是老年患者。

北见女士就这么一直等着。一个小时，两个小时……但还是没喊北见女士的名字。三个小时过去，已经等得很累的时候，终于传来了"北见女士，北见女士"的院内广播。

进了检查室，医生看着尿检及验血结果，问了问身体情况有无变化等。

"现在看来没什么问题。会继续给您开药，请按时按量服用。"

只用了5分钟检查就结束了。不得不苦等几个小时，却5分钟就结束了……尽管如此，因为医生说"没问题"，北见女士露出安心的表情。

检查费和药费合在一起是4 000日元。治疗费加往返医院的交通费无疑是一个沉重的负担。尽管如此也要去医院，因为一旦成了大病，住了院，那就交不起费用了。

全都结束后，北见女士原路返回，背影透着疲惫。一到家，她就像倒下去一样，一骨碌躺到了起居室的榻榻米上。很多时候，从医院回来都已经下午两点多了。中途她并没有去别的地方闲逛，因为逛街也是要花钱的。从早晨出门算起，这趟去医院复诊耗时约六个半小时。

躺在榻榻米上，北见女士看着天花板低声说："穷人就是该死吧。"

北见女士平素温和平静，这是我们第一次从她的话里感觉到了"愤怒"。

"看新闻的时候就会这样想。负担越来越重，世道对没钱的人越来越无情了。"

进入超老龄社会，国家对持续性社会保障制度重新加以研究，因此民众在医疗、护理等方面的负担更加沉重。但另一方面，相较于物价水平的连年上涨，养老金金额却在不断下降。像北见女士这样依靠养老金过活的独居老人，或许对当前这一情形的苛酷会有深切感受吧。

北见女士向我们倾诉，以后的日子太令人担心，她实在无力负担："想到以后，有时候会想一死了之。真的是想死啊。可又不能死，还有农田呢。"

说到"农田"两个字的时候，北见女士的脸上透出了一股庄重和凛然。

"因为有用一生守护的农田，这才能活下来。"她说这话的时候，让我们明白了地方农村的贫困不易被外界觉察的另一个原因。

不只是因为得益于大自然的恩惠，自给自足成为可能，还有一路坚守农田的自尊，已然化为了生存的力量。正因如此，他们才不说泄气话，而是拼命坚持。在东北地区的村子里，靠3万日元左右的养老金收入一个人生活的农户不足为奇。说到底，很多人是因不想放手农田而不接受生活保护，一味坚持的。有的地方政府也在对制度加以灵活运用，就算有农田，有自己的房子，也能接受生活保护。

困苦了，不要忍着、扛着，而是希望他们去找人商量和咨询——看着身旁的北见女士，我们感受最强烈的，就是这个了吧。希望有方法可以让北见女士在珍视的农田附近过上更令人放心一点的生活。

地方农村，独居老人也在不断增加——来自地方政府的调查

"人们倾向于认为，在农村，很多老人是与家人一起生活的，但实际上，青壮年劳动力都出去找工作了，因此，农村的人口逐渐老化，独居老人的数量也在增加。"一直在全国各地方政府调查独居老人实际情况的明治学院大学河合克义教授指出。其中，被河合教授视为问题的，是地方农村的养老金收入低于城市。

在农户较多的山形县最上镇做的调查显示，独居的老人中，50%以上人口的收入低于生活保护水平。因很多农户拥有自己的田地及房子，只要有吃的，那乍看上去就像没什么困难。但在调查中，却听到了很多诉说将来不安、深感"没有未来"的声音。

克服战后粮食困难，带着"要让你们都吃饱"的自豪感种植水稻，一路走来的农户们，在农村，想靠自己的力量好歹活下去的农户们，在为晚年担心，在控诉"没有未来"的时代。

不只是城市，"老后破产"的现象也正在农村蔓延。

第五章
激增中的"老后破产"预备军

"五六年后,我一定不在人世了吧。"

不易觉察的"老后破产"

"老后破产"持续蔓延，在一线从事登门护理及登门医疗的人们为如何应对而伤透脑筋。他们指出，救助即将陷入"老后破产"的老人，最难处理的是亲属对服务的拒绝。乍看之下，有亲属好像就能放心了，但实际上这反而让"老后破产"难以觉察，这种事例正在不断出现。

在东京都足立区一家家政护理站，针对如何向这样的老人提供充分的护理服务，正在就个别事例个别讨论、具体情况具体分析地加以应对。护理站共有10人，既有制订老人护理计划的管理人员，也有家政护理人员。

护理站内既有接电话的工作人员，也有制作资料的工作人员，所有人都很忙碌。多数家政护理站人手不足，只好身兼数职，在登门护理的间隙返回护理站制作资料、接听电话咨询等。

"你好。请那边坐，稍等一下。"

在入口附近碰到的女职员话音刚落便接了几个电话，又用电脑处理了一下工作，这才又回来。

"这一次的采访，我们想把焦点放到'钱'上。听说，很多人只有低于生活保护水平的养老金收入，内心很痛苦。我们想请教一下类似的情况，所以……"

听我们表明来意后，她的神情中现出了一抹苦涩。

"这个问题到底该如何处理，说实话，有些地方，在一线的我们也是束手无策。"

在这家护理站，难以处理的事例正在不断增多。亲属不即不离地参与其中，说自己会照顾老人无须提供服务，导致无法利用生活保护制度，这样的事例很多，处理起来很麻烦。

也有本人拒绝护理服务的事例，这种情况下，要是有亲属的话，就不只是向其本人，还要向其亲属反复说明情况，以争取他们的理解。但要是亲属反对，那就要无功而返了。

"希望能减少服务量，比如家政护理员来的次数、时间等。"

像这种可称之为"限制护理"的新事态也开始出现了。也就是说，因费用支付能力有限，无法充分享受护理服务，而只想在支付能力内接受服务。多数情况是，不在身边的亲属照顾不到的地方，就由家政护理员上门服务来补充。如果亲属提出这种建议，几乎没有老人会反对。

但从服务提供方来说，因服务不充分，不到位，就只能无时无刻不在担心中继续着登门护理的服务了。

我们请这家家政护理站介绍了为如何应对而伤透脑筋的具体案例。

远去的亲族"支援"

一位男性员工提供给我们的案例是一个人单门独户生活的一位老先生。他的家离足立区家政护理站很近，步行10分钟左右就到了。

他叫谷口刚（化名），不到75岁。老先生之所以享受不到充分的医疗及护理，是因为一直在帮他的亲属不想让他接受生活保护。

谷口先生一直从事木匠工作，对自己身体的健壮很是自豪。但过了60岁以后，身体开始常出状况。谷口先生没有结婚，也没有家人可以依靠，独自生活。

出院后，他连自己走路、去厕所都困难了，过着近于卧床不起的生活（护理等级认定为4级）。家政护理员几乎天天都会登门，为他做饭、打扫房间等。

"老先生每个月的养老金有5万日元左右吧。这个收入水平，接受生活保护也没什么奇怪。但因为有自己的宅子，就享受不了生活保护了。"这位员工跟我们解释说。他说，因其状态近于卧床不起，按理说，是想进一步为他增加登门护理的次数及时间的。但就其养老金能够承担的服务范围而言，现在的服务量已经达到了上限，再增加就困难了。

"把房产卖掉会不会也是一个选择呢？这样的话，就可以搬到公寓去住，在那里接受护理，视金额多少还可以选择去养老院。"

这位男性员工听完，低声说："这，就是老先生难办的
地方。"

"他在东京近郊有一个弟弟。就是这个弟弟说，不想放
弃宅子。"

谷口先生的弟弟每月都会来一次，照顾哥哥的日常生
活，或提供金钱方面的帮助，帮他支付公共费用等。或许，
弟弟挂怀于分开生活的哥哥，在力所能及地提供帮助和照
顾吧。

"我只是推测，恐怕在他弟弟看来，哥哥住的宅子是两
个人的老家，留下了很多回忆，所以弟弟想等谷口先生去
世以后把宅子继承下来，守护下去吧。"

这位员工跟我们解释了弟弟不想卖宅子的原因。老家
充满了回忆，要是亲属不想卖掉，就无法把宅子处理掉以
接受生活保护了。谷口先生这种情况，就是有亲属来才是
困难所在的案例之一。

经由家政护理员介绍，几天后，我们见到了谷口先生。

"从这个护理站走过去，一会儿就到了。"

负责谷口先生护理工作的男性员工带着我们去了老先
生家。这个住宅区独户很多，近处有几家小商店。可能很
早以前就住在这里的人比较多，街区内有不少年深日久的
房子。谷口先生宅前是一条窄路，仅容一辆车勉强通过。

"你好——"

护理站员工喊了几次，但没人应答。于是，他就像老
先生的熟人一样，直接迈步走了进去。

"打扰您了。"

在房间里，护理站员工向谷口先生重新表明了来意。

"请你们进来吧。"

得到护理站员工的招呼，我们穿过门厅，进入了起居室。只一眼就明白了刚才在门厅打招呼时，谷口先生为何没有反应的原因。

起居室里放着一张护理床，谷口先生躺在上面，身子几乎动不了。平时他卧床不起，连出声说话都困难，光是"嗯嗯"地应答就很不容易了。他并不是"没有反应"，而是"反应不了"。

"现在虽是这个样子，身体动不了，连说话都不能如愿，但过去谷口先生可是手艺高超的建筑工头呢。"

护理站员工笑着跟谷口先生说话，谷口先生无声地笑了。大约到20年前为止，谷口先生一直都在经营土木工程公司，从业人员也很多。泡沫经济时期，每天都忙到人手不够用，经营也一直很顺利。据说，谷口先生有做师傅的气质，很大气，要么请从业人员吃饭，要么约他们去玩，部下对他非常信任。但当泡沫经济破灭，工作就急剧减少了……于是在60岁左右时谷口先生债务缠身，破产了。谷口先生一心扑在工作上，婚也没结。破产后，身体也慢慢坏了下去，如不请家政护理员帮忙，生活都有困难了。

"过去，您很能喝对吧。好像，一个晚上能喝1升？"护理站员工笑着对谷口先生说。

"……小菜一碟……"谷口先生答道，声音很弱小。这句话，让在场的人都大笑起来，气氛也轻松了。或许以前，即便在要求严格的工作现场，谷口师傅也能让周围一片欢快，笑声不断吧。那一头的短发，说起工作时自豪的神情，都会让人想象到其往年的风采。

环视房内的布置，可见墙上装饰着大量的鱼类拓本，包括一幅近1米长的大作品——鲷鱼拓片。

"这些，都是谷口先生钓的吗？"

谷口先生闻言，脸上又现出了自豪，好像在说，就等你问呢。

"好想再去钓一次啊。"他像望着很远很远的地方似的，低声嘟哝道。

他喜欢钓鱼，还让我们看了亲手制作的装钓具的木箱等。据说，休假的时候，他有时甚至会特意去千叶、静冈钓鱼。但现在，谷口先生连自己独立行走都不能，钓鱼就更难办到了。要是有家人照料，或许还勉强可以成行，但没有在一起生活、照顾他的亲属，护理保险服务中，又没有针对闲暇兴趣方面的陪同服务。

对谷口先生来说，在狭窄的床上躺下、起身都已是拼尽全力了。看着躺在床上呆呆望着电视画面的谷口先生，会令人心头生出一股无能为力的焦躁，很想想点法子实现他"再去钓一次鱼"的愿望，但又毫无办法。靠养老金的话，光是生活下去就非常勉强了，对谷口先生来说，那个梦想根本就没办法实现。这，实在是让人焦躁。

房间里的桌子上，放着电费、水费等公共费用的收据。

"这些费用，是您弟弟帮着交的吧？"

谷口先生听了，默默地点了点头。

谷口先生的弟弟住在东京近郊,跟妻子和孩子一起生活。弟弟年过60,还在打零工支撑家计,每天都很忙。但他在为生计奔波中,依然会抽空来看谷口先生。谷口先生说,只是弟弟对自己的这分挂怀,就让他很有信心了,也很开心。

"自己也有家人,没办法和哥哥一起生活。"

虽是这样说,但弟弟还是想尽己所能地照料哥哥。但是弟弟反对哥哥为接受生活保护而卖掉宅子,或许也是因为弟弟也有继承父母遗产的权利。如此,谷口先生就只能靠养老金生活下去了。

无法增加护理服务的情况下,谷口先生能独自生活下去吗?——无法继续独居的日子终会到来,护理人员能做的就是尽可能将这一天推迟。

前些日子,谷口先生从床上站起来时摔倒了,整整一天他都蹲伏在地板上,直到家政护理员第二天过来才发现。虽然说若能在独居生活无法维持之前,能够增加搬到养老院生活等选项会多少令人放心一些,但因有亲属在,有时,也会令选择的余地变得狭窄。

"未来您打算怎么办呢?"

或许是理解弟弟"不想把满是回忆的家让渡给别人"的想法吧,他回答说,就想像现在这样住在自己家里。或许他也想到,如果不接受生活保护而提出入住养老院的愿望,那就得让弟弟缴纳费用,这就给他添麻烦了。

亲属的意愿,本人的意愿,错综复杂,可尽管如此也在互相为对方着想……在这样的情况下,处理起来反而困难——谷口先生的处境，让我们对这种情况有了切身体会。

"说实话，完全孤立无援的人支援起来更容易一些。亲属牵扯其中，彼此的意见就会有差异，难有进展。这样的事情并不少见。"

在离开谷口先生家回返的路上，护理站员工零零星星地吐出了心里话。护理方针、费用、住处，还有财产继承……几乎每一件事，只要有亲属在就无法忽视他们的意愿。当然，如果老人本人意愿明确，就可以基于其意愿决定护理和住处等事项。

但若有亲属照顾，老人本人会无视亲属意愿自己决定将来的就不多了，几乎所有的老人都会尊重亲属的意见。如此一来，当本人意见与亲属意见出现分歧时，多数情况下，本人"会顾虑到照顾自己的亲属"，优先考虑亲属的意见。这就让在福利一线工作的员工不知如何是好了。因为就他们而言，相较于老人们的亲属，更想优先考虑老人本人的意愿，以实现其本人所希望的晚年生活。

"有亲属牵扯其中，反而难以提供支援。"当再一次思考来自一线的这句话的意思时，也就能领会到解决的难度了——"家人（亲属）的关心"对外部支援敬而远之，会导致老人本人也对外部支援敬而远之。

照顾自己的亲属的意见与本人的意愿产生差异时，会导致支援不到位，这一现象并非仅限于生活保护的申请。尤其是本人因痴呆症等丧失判断能力时，有时候，亲属的决定会直接影响其本人的晚年生活，结果就是对支援敬而远之。这就是残酷的现实。

上述情况明确体现在"成年保护制度"上。

就这一制度，我们对横滨的司法代书人团体进行了采访。所谓"成年保护制度"，是指代替因痴呆症而难以作出决定的老人签订各类合同等。因痴呆症等疾病丧失判断能力，或无法进行金钱管理、签订合同时，其本人或家属就可以提出申述，如果这都有困难，则可基于政府领导的判断，为其选定成年保护人。

成年保护人有时是家属，有时是缴纳费用委托律师或司法代书人等充当。该制度的目的在于，依老年人本人的希望设计生活，并保护其财产。但有些方面，"成年保护制度"也是鞭长莫及——尽管老人因患有痴呆症等丧失了足够的判断能力，但其亲属却因不想选定"成年保护人"而加以拒绝。一方面，作为亲属担任保护人会"很麻烦"，所以"不愿意"；另一方面，委托律师或司法代书人等法律专业人士又会"花钱"，"也不愿意"。

说是要向保护人支付费用，但也并非是从亲属的钱包里拿，而是每月从当事人的资产中拿出约1万多日元来支付，但即便如此亲属也加以拒绝。这样的事例并不鲜见。而反对的理由则几乎全是利己主义的，"不想让继承的资产减少"。这样一来，除非有特别热心的人强硬地为老人选定成年保护人，否则就不会有保护人了。

实际上，听担任保护人的司法代书人说，陷入胶着状态的亲属之间的内部纷争还不止如此。

"要是由法律专业人士充当保护人，那奶奶的存款是不是就不能随便花了？"像这样，子孙认为"有权使用"痴呆症老人资产的例子并不鲜见。令人吃惊的是，真就有存款被擅自用于曾孙学费，致使老人本人无法进入福利院的事例。

　　"成年保护制度的本意，是要保护老年人本人的生活，保护他们的权利。就算是很重要的亲属，若威胁到老人的晚年及生活，也就与制度宗旨相违背了。"

　　社会对保护人制度的不理解，令日常担任保护人的司法代书人叹息，而在这中间被遗弃的，却是那些老人们。

　　尽管有大笔存款，却无法签约入住福利院，而是在如垃圾堆般的家里生活；硬行推销的商人一天数通电话打进来，都不明白怎么回事就被迫购入大量羽绒被等，痛失财产。为防止此类情况发生而推出的，就是保护人制度。至少，老人自己辛苦工作积攒起来的资产，希望能用于让他们悠然度过一个舒适的晚年，可现实并非如此。

　　但另一方面，对于没有亲属可以依靠的老人，如有为其配备保护人的必要，灵活运用制度，作为例外情况得到认可的事例也在变多。没有亲属，或与亲属之间已经没有联系时，其所在地政府领导会代替亲属提出申述。虽然目前件数不多，但这样的案例却在急速增长中。

　　"从行政方面来看，要配备保护人，还是以得到亲属理解为原则。也有过政府提出申述，日后亲属跳出来反对，指责政府'干吗擅作主张！？'之类的案例。"

　　告诉我们这些的，是推进"市民保护人"培训工作的

NPO代表神田典治先生。作为政府工作人员，基于从事福利行政工作的经验，他逐渐感觉到，只依靠行政力量，成年保护制度无法得到充分利用。于是就在退休以后，自行发起了NPO组织，提供保护业务咨询，为把作为第三者的市民培养为"市民保护人"开展培训等。神田先生认为，即便是有亲属，但同在一个屋檐下生活的家庭正在急剧减少，今后，作为"保护人"提供支援的必要性将更进一层。

那么，选任"保护人"的具体流程是怎样的呢？当老人需要护理但又因痴呆症等失去判断能力而造成本人无力申请时，就需要保护人。首先，行政部门的第一步工作就是寻找其亲属。若是找到了其家属，对方却拒绝做保护人，那手续就必须中止。如不能马上找到亲属，就要展开彻底的调查工作，看有无能做其保护人的间接亲属，如外甥、侄子等。还找不到的话，就可以由政府行政机关的领导提出申请。

但这样也有一个问题，那就是之前找不到亲属，但在行政机关提出申请之后亲属又出现了。所以，考虑到这类风险，行政单位选任保护人时就会感到担忧。但即便如此，以"领导代为申请"选任保护人的事例仍在激增。原因或许在于，"一个人生活"又"无亲属可以依靠"的老人数量正在激增吧。

若不能配备保护人，老人会相当困扰。因为，若没有保护人，就算有存款，本应用到自己身上的"金钱"也无法妥善运用，无法接受必要的服务，其结果是老人被社会弃之不管。

利己主义的蔓延，对保护人制度的不理解，并非唯一的"阻碍"。

对于自己的晚年——在丧失判断力之前——老人都要积极规划，若没有亲属可以依靠，那自己的晚年要托付给谁，就有必要事先作出决定。或许，这就是我们所处的时代……

给人添麻烦的"罪恶感"

2013年，因制作《"800万痴呆症患者"的时代：连"帮帮我"都不会说——孤立无援的痴呆老人》，我们到东京都墨田区采访，碰到了这样一个事例。一位老年女性一个人在都营住宅区生活。与家政护理员同行前往采访时，看到她房间里的衣服、报纸等非常散乱。

"这位女士虽是一个人生活，但她儿子不时会来看她。我们也曾谈过，她的生活太乱了，增加一下护理服务会更好，可是……"

从儿子住的地方到她家，坐电车大约要1个小时。儿子在学校当老师，似乎工作较忙，隔几周才在周末来探望母亲。母亲腰腿不好，也不能去买东西，他就买一大堆桶装方便面、点心面包等搁得住的食物带过来。

据说，虽然向其推荐过护理服务，建议稍微改善一下老人的生活环境，但却一直遭到儿子拒绝。他坚持说："母亲身边有我，不需要担心。"这是对方唯一的主张，不肯接受其他的意见。而作为母亲，就算儿子几周才来一次，但或许只要儿子来就会高兴吧，看不出她对儿子有什么怨言。如此一来，增加或变更护理服务，就都办不到了。

在这个案例中，不接受护理服务的原因，或许在于儿子忌惮周围的闲话，被指责"身为孩子却连老人都不照顾"，所以拒绝护理服务。本来，推出护理保险制度的一个重要原因，就是将家属从护理负担中解放出来。但至今，日本依然有"护理老人是家属的任务"的社会风气。

或许，在感到一个人生活不便或有障碍等的时候，为让人们积极接受护理服务，推动此类社会意识的变革也非常重要。因为，对我们的晚年来说，护理服务是所有人都能天然行使的一项"权利"。

连锁反应的"老后破产"

在东京都内的地区统筹支援中心，高龄老人陷入"老后破产"并前往办理生活保护等相关手续的人数正不断地快速增长。"老后破产"已呈扩大之势。但事情并不只是如此。已有预兆显示，即便是本应扶助老人的"劳动力一代"，将来也同样会陷入"老后破产"。

他们是所谓的"老后破产预备军"。我们在采访中遇到的一个案例，如实反映了这一点。

这是一个三口之家，独门独户住在东京都墨田区。父母均年逾80，儿子也50多岁了。

到这家探访时，我们被带到了位于2层的客厅。客厅大约8张榻榻米大小，墙边放着一张床。躺在床上的木村浩二先生（化名，87岁）几乎卧床不起。妻子千代女士（化名，85岁）一边利用护理服务，一边照料老伴儿。

屋内四处摆放着锤子、锯等木匠用具，可能是浩二先生在从事建筑工作时的工具。

"他的个性很大男子主义，有传统工匠的脾性。大约3年前住了一次院，之后身体就动不了啦。"妻子千代女士看着躺在床上的老公，娓娓道来。虽是依靠养老金度日很拮据，但因妻子自我牺牲式的护理，两个人的生活好歹也能维持。问题出在儿子身上。几年前，因为公司裁员而失去了工作，现在仍失业在家。也就是说，儿子也靠父母捉襟见肘的养老金生活。

"不清楚他想不想找工作，也不清楚他白天在干什么。"

千代女士无力地垂下了肩膀。她说，儿子一直把自己关在屋子里，外出时也不想跟父母说话，跟父母没什么交流。每次在房间门口放好饭菜，也不知道儿子什么时候吃完的。

"每次问他不去找工作吗，他就生气。既然插不上手，就决定什么都不说了。"

这种情况叫"家庭分离"。面对这种情况有一种处理方式是，父母让儿子独立，如有必要，就一边接受生活保护，一边为儿子找工作帮助其自立。但是，每次政府的相关负责人上门，儿子却连谈一谈都不配合。政府方面担心，这样下去整个家都会被他拖垮。

但年事已高的母亲千代女士所担心的，却不是自己的生活，而是儿子的将来。因为，自公司裁员之后，儿子就没交养老保险。要一直这样下去，那儿子到了晚年就几乎领不到用以维持生活的养老金。现在，父母都在，还有两人份儿的国民养老金，但等他们去世，儿子就必须靠他自己的养老金生活了。不只如此。如果在儿子能领养老金之前二老就都没了，收入可能立马就中断了。

"一想到我们死后儿子怎么办，就担心得要命。"

地区统筹支援中心的工作人员说，像这种父母与中老年无业子女同居的家庭，增长非常显著。

现在，"劳动力一代"进入四五十岁以后，如果收入减少或丢掉工作，除非接受生活保护，否则能够依靠的就只有父母的养老金了。当然，有父母可以依靠时没问题，可一旦父母身患重病等，生活就会无以为继。假如父母故去，收入也就没有了。如此，就会形成"老后破产"的连锁反应。或许，创建一个"劳动力一代"能够自立的社会，也是提前防止"老后破产"的必要工作吧。

在另一个案例中，有着更为深刻的问题。有一个两口之家，老母亲和儿子一起生活。跟上面的例子一样，也是儿子失去工作后没能再就业，靠母亲的养老金生活。

问题在于，儿子存在虐待母亲的嫌疑。据附近居民反应，经常听到儿子的怒吼声和母亲的哭声。接到通报后，地区统筹支援中心便决定去看一看，征得同意后，我们也决定一同前往。

上午10点，我们按响了这家的门铃。没有反应。再次按下门铃时，门厅的拉门嘎啦嘎啦地开了。一位55岁上下的男性走出来。

"有什么事吗？"他脸上的笑容很不自然。

"我们是政府的工作人员，到老年人的家里转一转，看看有没有什么困难。"

在这种情况下，工作人员不会说"接到了虐待通报"。在事实得以确认前，应对处理都要慎重。

"家母年纪大了，但没什么特别的困难，不要紧。"

感觉儿子想快点结束谈话。就在这时，儿子的身体晃了起来，两只眼睛没有聚焦，不知道是不是喝醉了。"是这样啊。"工作人员附和着，又问，"您的母亲身体情况怎么样？"并往屋里瞅了瞅。

但儿子用身体堵着门缝，令人无法看清里面的情况。

"我妈现在身体垮了。在睡觉呢。今天没什么事情，请回吧……"

看样子，儿子无论如何都不想让我们见到他母亲。

就在这时，虽是一瞬，屋里的情况还是从门缝里看到了一点。在门厅里面的房间里，能看到一个人影，蹲坐在那里，肩头哆哆嗦嗦地直抖。工作人员注意到了，问："是您的母亲吗？"

"你个老东西！给我滚进去！"儿子冲母亲大声喊道，然后，再次带着不自然的笑容转过身来。

"不好意思啊。我妈稍微有点老年痴呆。"

儿子就着刚才怒吼的气势打开了大门，我们终于看到了里面的情形。母亲的肩膀哆哆嗦嗦地上下抖动。她在哭，放声大哭。从早晨起就醉酒的儿子，蹲在地上哭泣的母亲，眼前呈现的这幅情景很有些异样。

母亲以颤抖的哭声低低地嘟哝了什么，但声音太小，听不清楚。或许，这让儿子心里不痛快吧，他再次怒吼道："吵死啦！闭嘴！老东西！"

母亲声音哆嗦着继续低声说着。可能是我们渐渐习惯了她的音量，这次稍微能听清一些。

"又喝酒，就不能好好儿的啊。"

闻言，儿子又回头冲母亲喊："不是让你闭嘴吗？！闭嘴！"

吼完又带着虚伪的笑容，表情异样地扭过头来。

这不正常。

"您自己没什么困难吗？"工作人员委婉地问道。

儿子说："不。没什么特别的困难……"沉默了一会儿之后，表示自己在找工作方面出了些问题。

"想找工作，但很难找到。"

这对母子长年一起生活。可能，正因儿子也一直认真工作，日子才能维持到今天吧。但失业，却把这个家给毁了。

如果儿子在虐待母亲，那这事就是绝不能容许的。但另一方面，或许儿子自己也是社会的受害者，在这个社会里，他难以找到一份收入稳定的工作。

"为人子也不容易啊。唉。因为精神压力，紧张，虐待家人的事例不也有吗？所以，我们也担心……"

工作人员切入了正题，但儿子的口气却丝毫没有改变。

"啊……最近，好像很多啊。但我们家没事，没有虐待什么的。"

这天，地区统筹支援中心的工作人员无果而返。在回去的路上，笔者问道："今后该怎么办呢？"工作人员回答说，因有虐待嫌疑，要跟政府等方面商量一下。家庭问题难以强制性介入，无法立即解决，确实令人心生焦虑。

这个儿子就一直靠母亲的养老金这样生活下去吗？儿子找不到工作，早晨起来就喝酒，母亲仍然流着眼泪规劝，这样深厚的母爱也太令人心酸了。终有一天，若儿子失去了母亲，导致收入中断，陷入"老后破产"就根本无法避免。

即便母亲在世时能够不破产，儿子的破产却是无法避免的。这个案例让我们感觉，在"劳动力一代"中蔓延的雇用问题、低收入问题等若放置不管，"老后破产"恐怕会进一步扩大，产生连锁反应。

因护理老人而辞职

现实极其残酷，就算有家人也无法避免"老后破产"——其中，正显著增加的案例是，因父母需要护理而辞职，与父母共同生活方便照顾父母，最后一起被拖垮的"老后破产"。东京都内某地区统筹支援中心介绍给我们的泽田则夫先生（化名，62岁）也是其中一位。

2014年7月，我们与泽田先生在浅草站前第一次见面。可约好的时间都过了，仍不见泽田先生的影子，打他手机，他回答说："正在往那边赶。迟到了，对不起。我走路很慢。"

终于赶到的泽田先生个子很高，近180厘米，挺腰直背，但右手却拄着一根拐杖。他说，两年前因脑血栓倒下，一度半身不遂，虽然经过康复训练后终于能走路了，但两腿至今仍有麻痹感，只能借助拐杖慢慢走。因曾半身不遂，因此他在语言上仍有障碍，有时候说话会含糊不清。泽田先生会因说话不清晰而道歉，是个谦恭有礼的人。

在站前的咖啡店里坐下，一提起"老后破产"，泽田先生断言，62岁的自己，在不远的将来也会如此。

"毫无疑问，我也会'老后破产'吧。不，已经这样了……"

泽田先生20多岁时，在东京都内的一家宠物店工作，边工作边学习，终于在30多岁时实现了梦想，开了家自己的宠物店。泽田先生非常喜欢动物。痴迷于工作的泽田先生一直单身，跟母亲一起生活。因为父亲早逝，对他来说，唯一的母亲就是最重要的亲人。

但大约在7年前，泽田先生55岁时，他的命运失控了。母亲的老年痴呆症症状恶化，为了照顾母亲，泽田先生常常无法工作。

为满足母亲"想在自己家里死去"的愿望，他一边工作一边照顾母亲。也用过护理保险，可即便如此，日子依然不轻松。

"也让家政护理员来过，但次数也有限，所以，吃饭、换尿布等，自己能做的就自己来做。"

慢慢地，母亲身边离不开人了，店门紧闭的日子多了起来。可即便如此也无法给予母亲充分的照顾，泽田先生非常痛苦，最终选择了一心照顾母亲。当时想，有母亲的养老金，总会有办法吧。

近年来，因护理而放弃工作的"护理离职者"在增多，每年都有近10万人，泽田先生即为其一。最终，在他完全贴身照顾母亲约1年时，母亲得以在自己家里寿终正寝。

"母亲应该很开心吧。关于这件事，我不后悔。"

但是，"护理离职"的选择，却将泽田先生其后的人生轨迹完全改变了。年逾50，就是想再就业也找不到工作了。发了几十封简历，几乎每周都去职业介绍所，但他却仍然失业。

泽田先生决定把跟母亲一起生活的房子卖掉。房子已经很旧，没卖多少钱，但好歹算有了积蓄可以找便宜的出租房。可惜事与愿违，他找不到房子。因为在唯一的亲人母亲去世后，他找不到租房保证人。

"因为很长时间没工作，才会重视有没有保证人吧。还有，或许也担心孤独死什么的。"

最后，他找了家以"背包客"等海外游客为主要对象的那种便宜旅店。听人说，长期住在这类旅店里的人越来越多，泽田先生就决定搬过去了。

房租每月5.6万日元，绝对不能说便宜。但没有保证人即可入住，让泽田先生下定了决心。

出了咖啡店，我们让泽田先生带我们去他住的地方看看，泽田先生答应了。于是，我们就沿着隅田川往前走去。从河边的大路往深处一拐，泽田先生停下脚步，用手一指，说："就是那座房子。"

从外面看，这座房子像一座独户建筑，还有个门厅。

泽田先生拿出钥匙，把门打开，自己先进去以后，说了一声："请进。"进入门厅，右手能看到一条延伸开去的走廊。他往走廊那儿一指，说："我的房间在那边。"说完便脱下鞋子往自己的房间走去。走廊里有几扇门，他说，这一扇扇门就是房间门。

他的房间是从门厅数起第2间，5张榻榻米大小，里面放着一张铁管床。这一张床的空间，就是泽田先生的居身之所了。其他地方，都被纸箱、行李埋起来了。

床上铺着被子，还有一张小桌子。只有1张榻榻米左右的空间，就是"起居室兼卧室"了。

"虽然不能讲究奢侈，但说实话，我是想搬出去了。"

很大一个原因就是太窄。能实际活动的地方只有一张床大小，吃饭也是用床上那张桌子，睡觉，干点什么，就只有那块地方。

"可是，现实问题是哪儿都去不了啊。"

泽田先生的肩膀无力地垂了下来。既有脑血栓后遗症，又是一个人生活，没有保证人，泽田先生找了几十家不动产公司都没人肯接受他。

现在的住处虽只有1张榻榻米大小，但对泽田先生来说，就是唯一的容身之处了。

因病而断的再就业之路

"护理离职"以后，泽田先生便一心照顾母亲，50多岁了又为再就业几经努力，对泽田先生而言，脑血栓发作就是一连串不幸的开始。虽遭半身不遂与语言障碍的双重打击，但泽田先生却为能再次自立而拼命坚持康复训练。虽说终于能走路了，但却离不开拐杖。

"像我这样的身体，没人雇啊。"

因没有任何收入，卖房而来的积蓄也在不断减少。泽田先生把藏在枕边的存折拿出来，叹了口气。

"一个劲儿少下去啊，现在只剩120多万日元吧。"

养老金要到65岁才开始发放，之所以在此之前要有存款，是因为若提前支取，本就不多的养老金金额就更少了。但说到底，一旦存款没了，"老后破产"就避免不了了。

"不知道准确数目，但每月的养老金也就一两万日元左右吧。"

他告诉我们，自己开店的时候，养老金变更手续办得不顺利，并且，有一段时间生活不宽裕，无力交保险，以致只能领到一点点养老金。也就是说，如果不通过工作得到收入，其他收入根本就指望不上了。

〈泽田先生收支明细〉

● 收入（月）

0日元

● 支出（月）

房租 = 56 000日元

生活费等 = 30 000日元

结余（存款）−86 000日元

"我也曾到政府有关部门咨询过生活保护的事。但他们告诉我，等存款只剩5万日元了再去。可只剩下5万日元的时候，万一得不到生活保护，那可就要倒毙街头了。"

因无法确定能否申请到生活保护，花光积蓄就令泽田先生越来越不安。尽量不花钱——满脑子想的都是这个。

超级节约术！

"一顿饭不到100日元啊。"

卧床周围堆放的纸箱里，是一堆降价时囤的桶装方便面、食品罐头等。这天的晚饭是青花鱼罐头。他拿着一袋真空包装的米饭出了房间，前往走廊尽头的共用厨房。厨房里有一个不锈钢洗碗池，一台小型冰箱，冰箱上面放着一个微波炉。他把米饭放到微波炉里，按下按钮，旋转托盘便转了起来。

"幸亏百元店里也卖吃的。要不，就生活不下去了。"

用微波炉加热，冒着热气的米饭上，是罐装青花鱼。酱煮的青花鱼飘出了一股甜甜的、辣辣的味道，闻起来很香。

泽田先生狼吞虎咽地扒起饭来，眨眼之间，包装盒里的饭就所剩无几了，期间他多次用方便筷捞起食品罐头底下剩下的酱汁享用。不到10分钟泽田先生就吃完了晚饭。

泽田先生无法节约的生活费是"洗衣费"。住的旅馆没有洗衣机，所以，只能外出用投币式洗衣房。

"虽说没钱，那也不能落魄到在外面丢人的地步。"所以，泽田先生每周都会去一次投币式洗衣房。

8月中旬的一天，采访人员赶到时，刚巧泽田先生正拿着洗衣筐走出来。筐里塞满了大量要洗的衣服，拎着筐走在路上的泽田先生，额头上渗出了大颗的汗珠。大约走了5分钟，泽田先生停下，往右手方一指，说："我以前的家就在那边。"

　　"一起去看看吧？"说完就往右方走了过去。或许，是时隔多日之后又想看一看已经卖掉的、自己曾经的家了吧。但自己的房子已被拆掉，原地上新建起一座全白的房子。

　　"我的家，一点痕迹都看不到了。"

　　泽田先生以前的家是一栋上下两层的建筑，一楼就是宠物店。宠物店深处的起居室里，放着母亲的护理床。照顾母亲到临终，也是在起居室。泽田先生孤寂地说，这个地方曾是实现自己开一家宠物店梦想的地方，也是处处留有与母亲两人回忆的地方。

　　"没办法啊。走吧。"

　　泽田先生默默不语地驻足良久。虽说终于可以再次站起来，但却失去了活力。

　　我们再次迈开步子，向投币式洗衣房走去。洗衣房在干道边，因是工作日的午后，很清闲。他把筐里的衣服一股脑地倒进洗衣机里，放好洗涤剂，然后从口袋里掏出零钱包，把200日元投进了投币口。

　　"哗——！"水流声响起，洗衣机转了起来。

　　"虽说不过是200日元，但对我来说，200日元就不得了啊。"

　　的确，对泽田先生来说，超出两顿饭钱的洗衣费是个很大的负担。

"洗衣服需要花点时间。附近有个公园，去那里走走吧。"

洗衣服要花30分钟左右，这段时间，泽田先生都会去附近的公园。公园里有一个小广场，还有给孩子们玩的滑梯、秋千等。

"过去，我也在这里玩过呢。"

小时候，父母健在那会儿，泽田先生就很喜欢公园。上小学的时候，放了学，他几乎每天都来，玩棒球、捉迷藏等，一直玩到太阳落山。他说，一坐到公园的长椅上，眼里便会浮现出那时候的情景。

"那时候没有不安，不需要担心什么，真是一段幸福的时光啊。"他望着远处说道。眼里，隐约泛起了泪光。

"现在，真的是很不安，很不安……"

话到半道儿，他说不下去了。

身体垮了，无法工作，只有余额为120万日元的存款。并且，医疗费又不能节约。他对无时无刻不在逼近的"老后破产"充满担忧……

泽田先生低头不语好一阵子，接下来像下定决心一样，从长椅上站了起来，向投币式洗衣房走去。

他把衣服从洗衣机里拿出来，默默地扔进带来的衣筐，其间没怎么说话，装完便离开了洗衣房。

3天后的傍晚，浅草的大街上人山人海，全是来隅田川看放灯会的。小时候，泽田先生的父母也曾带他来放过水灯。时至今日，每到这一天，他仍会被一种肃穆的思绪包裹着。

从住处出来，走在河边的步行道上，水畔的习习凉风令人心旷神怡。有些来往的行人手里也提着灯笼，河面上有几座为放水灯所准备的船型屋。

"那时候我们全家人会一起来看。有日子没去看了，采访的过程中谈起母亲，就想再去看看。"

快到放灯的时间了，河边上拥挤不堪，主管人员大声喊着："不要推！""请大家慢慢跟着往前走！"

"啊，开始放啦！"泽田先生说。一只，又一只……灯光摇曳的灯笼，一只接一只，顺流而下……眨眼之间，河面上便漂满了无数的灯笼。

"从对面看更清楚哦。"

不一会儿，但见成千上万只灯笼散发着柔柔的光漂浮于河面，点缀出一派梦幻般的光景。泽田先生双手合十，像拜祭一样地闭上了眼睛。或许，是想起了亡故的母亲，为她送去自己的祈祷吧。完了，他又目送了一会儿顺流而下的灯笼，才决定返回住处。

回到房间后，泽田先生从杂物堆的深处拿出了一根长长的钓竿。可能是看完放灯会，勾起了许多往日回忆吧。即使是卖房的时候都舍不得扔掉这根钓竿，一直妥善保管着。

"生活虽是这个样子，但还是希望能够实现再去钓一次鱼的梦想。"

这天，说起无法实现的梦想时，泽田先生一脸的笑容。或许，只有沉浸于回忆中时，他的心情才是平静的吧。

"医院都去不起"

采访泽田先生之后大约2个月的时候——夏天即将结束的9月初，或许是季节更替的原因，泽田先生的身体突然垮了。

"这段时间经常头痛，身体情况很糟糕，夜里也基本睡不着。"去探望的时候，泽田先生盖着被子躺在床上，无力起身。头痛也可能是脑血栓复发。

"我没好好去医院检查。"

虽然泽田先生被医生叮咛，要定期回医院跟踪观察病情，但他却没去。不去的原因之一，是他"谢绝了住院建议"。为他医治脑血栓的主治医生说，因为他的血压偏高，建议他住院。从此泽田先生再也没去过这家医院。

"要是住院，就不知道要花多少钱了。虽说不住院的决定有点可怕，但现在的我，进退两难啊。医生也生气了，说，这样会有生命危险！"

他说，自从去不了医院之后，每一天，不，就连现在这一刻，都在害怕什么时候会倒地不起。并且，每天早晨一睁眼就会长出一口气："啊！今天也没死啊！"

即便我们向泽田先生说明，若医疗费超过一定金额，就可以获得某种程度的减免，另外也有提供免费或只需要小额费用的医院，泽田先生仍然不愿意去医院。他似乎认定，因为有存款，所以无法利用所有的福利制度，就像无法申请生活保护一样。不只如此，正在失去活下去的力气，

老后破产　　　179

也是他选择不去医院的原因之一。

"五六年后，我一定不在人世了吧。"泽田先生一脸心灰意冷地说。

与其说是放弃了治病，不如说他已经放弃了人生本身。

"就算因高血压住院，健康恢复了，可前面又有什么呢……"

毫无疑问，在住院后等待他的，会是"老后破产"吧。但就算不住院，陷入"老后破产"的那一天也迟早会来。这就是让泽田先生一脸心灰意冷的原因。

泽田先生之所以失去了工作，是因为"想陪在母亲身边照顾她"。我们不希望，像泽田先生一样出于对父母的关心所选择的道路，最终抵达的却是"老后破产"。正因泽田先生作出了如此有勇气的选择，我们才更希望"老后破产"的结果能够让他接受生活保护，进而获得救赎。衷心地，如是祈愿……

尾声 扩大再生产中的"老后破产"

"生活不下去了,请救救我们!"

2014年9月NHK播出特别节目《老人漂流社会——"老后破产"的现实》，至今已半年有余。在报纸或杂志的特辑报道中，看到"老后破产"这个词的次数也不少。接受生活保护的老年人激增，就是这一现实状态的证据。

　　新闻中提及年收入不满200万日元的"穷忙族"已超1 100万人。这就意味着，"老后破产"预备军的人数正在持续增加。

　　不只如此，"穷忙族"依靠父母的养老金过活，最后一起倒下的案例也在不断增多。

　　一天，一位年逾80的女士跑到有关福利部门，说她"已经生活不下去了"。她平日里一个人简朴度日，失业的儿子却突然出现，使她陷入"老后破产"。年逾50而遭裁员的儿子交不起房租，便回到了老家。父亲去世后，母亲一个人生活在老家。因为农村的房子比较大，因此有空房给儿子住。

　　但是，因出门在外的儿子回来的喜悦持续没多久，生活就开始艰苦起来。

母亲的养老金有8万多日元。儿子重新就业不顺利，这点钱要维持两个人的生活，就赤字不断了，就连仅有的一点积蓄也很快就没了。

半年后，真正的不幸袭向了这对母子。儿子因脑血栓倒下了。为支付住院费用，母亲到处去找亲戚帮忙。等到儿子出院时，她因操劳过度而身心疲惫。而儿子因脑血栓留下后遗症，再就业也就愈发困难，慢慢地，大多数时间闭门不出了。

只靠母亲每月8万日元的养老金，生活已经无法维持。

"生活不下去了，请救救我们！"

母亲到福利部门寻求帮助，距离她开心地与儿子一起生活还不到一年。决定母子俩相依为命生活，却以一起倒下的"老后破产"而告终。从这类案例中可以看到，"老后破产"绝非只是老年人的问题。

孩子还在工作时，人们往往会认为自己有孩子可以依靠，没必要接受帮助。但本应是父母老后倚仗的孩子，反而成为"老后破产"的原因，这样的事例正在接二连三地发生。

过去近20年，日本工作人口的平均收入持续下降。

在人均收入最高的1990年代，平均每户的年收入超过了650万日元，但到2012年（可确认数据的最新数字）却下滑到了550万日元，减少了100万日元。平均收入低于300万日元的家庭也在三成以上。

由于工作人口"谋生能力"的基础变差，导致靠父辈养老金生活的人正在增加。但若父母也是一个人生活，"谋生能力"的基础本就脆弱，这就有可能陷入一同倒下的窘境。

并且，如果父母子女一起生活，即便陷入了"老后破产"，也难以立即得到生活保护。但如果这样的同居生活变得困顿，没工作的孩子"闭门不出"，或因护理老人的精神压力而对老人施以暴力等，情形恶化时就要视情况采取"家庭分离"的措施，让老人和孩子分居，劝他们各自接受生活保护等支援。

在前面提到的这对母子的案例中，因儿子要到老人保健所进行康复训练，母子便由此分居了。儿子得到了生活保护，医疗费也免了，而那位母亲则重新回到了一个人的生活，也无需负担儿子的医疗费等，得以靠养老金生活下去。

这种可称之为同归于尽的新式"老后破产"正在不断发生，而其背后的原因又是什么呢？或许，其中一个重要的结构性原因就是，支撑"雇用"社会的基础发生了动摇，没有余力为将来储备的劳动者正在增加。并且，"日本家庭"的形态也已变化，相互支持的力量（联系）日益薄弱。而火上烧油的或许是社会保障制度追不上"超老龄社会"的此类现实性需要。

而现在，我们也在继续展开采访，向另一个侧面逼近——本应支撑老年人的"劳动力一代"的脆弱化，可能会令"老后破产"更为严重。

在孤身生活的老年人中，"老后破产"正在蔓延，这就是我们正在面对的现实。并且，这一现象不只出现在老年人身上，在"劳动力一代"身上，也开始以"连锁效应""共同倒下"等形式出现，倘如此，"老后破产"就应被视为事涉将来，可能为日本社会带来负面影响的严重问题。

既如此，要打破这一局面的契机又是什么呢？为寻找到这个问题的答案，我们将进一步展开现场采访，更为深入地挖掘下去。为能人人安度晚年，我们将继续前行……

结语

　　直到高中毕业，我都是在福冈县原煤炭产地筑丰度过的。

　　小时候，家里除了父母弟妹，祖母也跟我们一起生活。每逢盂兰盆节和新年，她就会给我500日元左右的零花钱。这是我人生中的一大期盼。祖母的收入虽只有微乎其微的养老金，但看起来却并不贫穷。因为，这是个奶奶由父母照顾的三世同堂之家。过去，这样的家庭很常见。到朋友家里玩，基本都能看到他们的爷爷或奶奶。从昭和三十年代中后期到四十年代，至少在我周围，一般都是这样的家庭。

　　现在，还有多少人认为三代同堂是理所当然的？

　　我自进入社会工作后就没跟父母一起生活过。两老也不愿意离开老家。父亲去世后，母亲孤身一人生活，虽然我也曾提议让她跟我们一起住，但还是被她拒绝了。前年，母亲去世了。我也从未想过将来我和妻子要跟儿子、儿媳和孙子一起生活。有这种想法的，应该不只是我。

与子女及孙辈一起生活的比例一直都在下降，现在已不会超过10%左右。据国立社会保障暨人口问题研究所推测，到2035年，将约有38%的老人会独居。若把范围限定在东京，则这一比例将达到44%。与之相对，制度方面又是什么情况呢？

　　全体国民加入养老保险的国民养老金制度出台是在1961年。那时候，与子女及孙辈在一个屋檐下生活再正常不过。所以，就像我的祖母，养老金只够给孙子发点零用钱也没问题。但在家庭形态的急剧变动中，养老金的性质却已然发生了很大的变化。收入充足的人当然能安度晚年，但收入普通的人就只能靠养老金度日了。

　　是不是我们的制度，已经跟不上家庭形态的变化了呢？节目采访到的一位研究者说："说到底，老年人的问题几乎都能用钱加以解决。"

　　当然也无可否认，我们迎来了财政困难的时代。那该怎么办呢？

　　节目中我们有幸请到了明治学院大学河合克义教授，他向我们介绍了法国的"制度间调整"机制。

　　原则上，在日本即便是靠微薄的养老金生活的人，医疗、护理等费用也要负担一成；但在法国，如果收入低于某一水平，医疗、护理等费用就会降低，他们有这种调整机制。也就是说，这是一种确保人民拥有最低生活水准的思想。河合教授进而指出："比如，因为收入少而犹豫去不去医院，或不接受护理等致使病情加重，从结果来看，反而增加了社会成本。因此，若是能打造一个避免'老后破产'的机制，反而会降低社会成本。"

这一建议不值得参考吗？

节目播出后，观众反响强烈。令人意外的是来自年轻一代的反应，他们表示"这并非与己无关""不趁现在攒钱，将来我也会这样"。

实际上，在节目制作中工作人员也曾交流过，认为最严重的是"老后破产"会不会延及下一代的问题。就像本书第五章中所介绍的那样，为照顾父母辞去工作并没有错，但失去收入后，自己也可能陷入"老后破产"的窘境。来自年轻一代的反响，让人感觉就像是对这一事态的呼应。

非正式员工等不稳定性雇用正在增加，而不结婚的年轻人也在增加。能依靠父母养老金的时候还没有问题，但在前方等待的，却是"老后破产"的结果。

我们现在，已经开始针对这一问题展开了采访……

图书在版编目（CIP）数据

老后破产：名为"长寿"的噩梦 /（日）NHK特别节
目录制组编著；王军译. —上海：上海译文出版社，
2018.7（2024.6 重印）
（译文纪实）
ISBN 978-7-5327-7748-8

Ⅰ.①老…　Ⅱ.①日…　②王…　Ⅲ.①纪实文学–作
品集–日本–现代　Ⅳ.①I313.55

中国版本图书馆CIP数据核字（2018）第034509号

ROUGO HASAN-CHOUJU TO YUU AKUMU
By NHK SPECIAL SYUZAIHAN
Copyright © 2015 Yasushi KAMADA, Yoshiko ITAGAKI, Takuya HARA
(NHK "NIPPON HOSO KYOKAI")
Originally publishied in Japan by SHINCHOSHA Publishing Co., Ltd.
Chinese Simplified Translation Copyright © 2018 Shanghai Translation Publishing House
China edition is published by arrangement with SHINCHOSHA Publishing Co., Ltd.
Through Bardon-Chinese Media Agency, Taipei.

图字：09-2017-1026号

老后破产：名为"长寿"的噩梦
[日] NHK特别节目录制组 / 编著　王　军 / 译
责任编辑 / 刘宇婷　装帧设计 / 邵旻工作室　未氓工作室

上海译文出版社有限公司出版、发行
网址：www.yiwen.com.cn
201101　上海市闵行区号景路159弄B座
启东市人民印刷有限公司印刷

开本890×1240　1/32　印张6.25　插页2　字数87,000
2018年7月第1版　2024年6月第13次印刷
印数：124,001—132,000 册

ISBN 978-7-5327-7748-8/I · 4740
定价：50.00元